望雲窗詩稿續編

馬顯慈 著

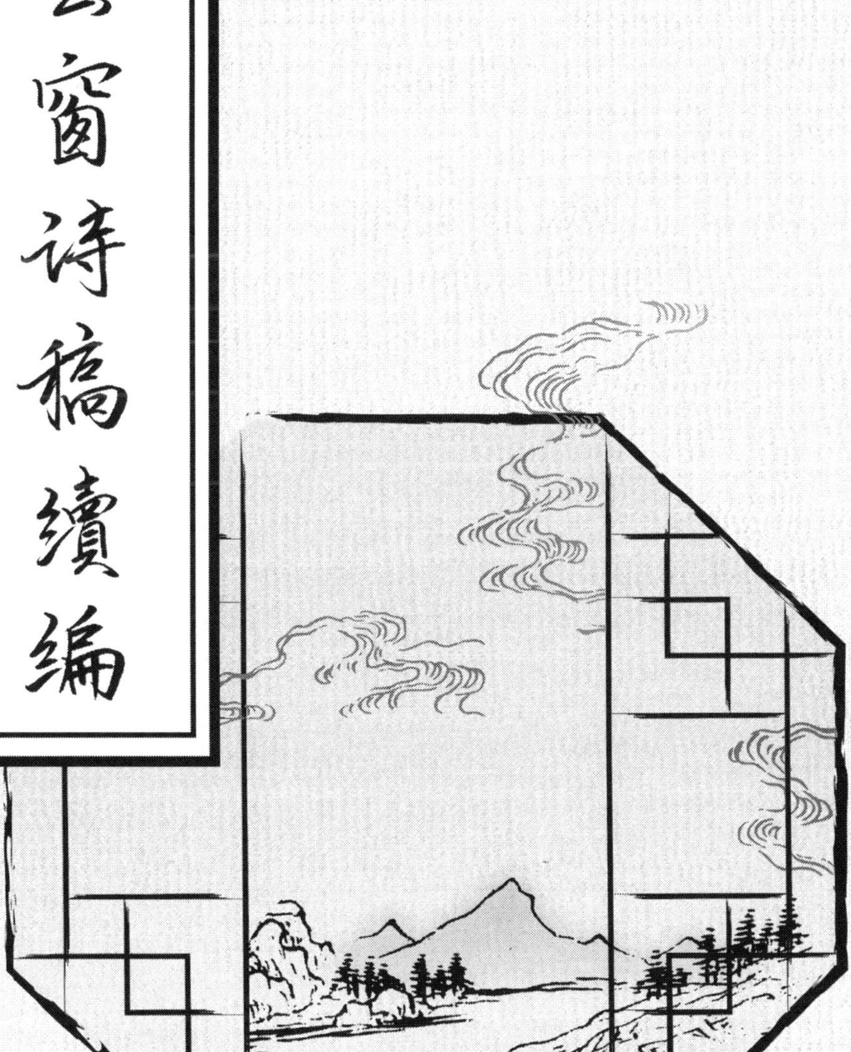

本書乃作者個人詩作，主要為七律，另有五律、五古及七絕，
若干詩後附有自注，以備參閱。

己丑年紀事詩

陳汝栢撰稿

今年破蝕占初一
萬事由來苦後甜
己丑土同人豈樂
歡娛情異倍多嫌
秋來已覺風光好
冬至還欣吉利添
南北東西生意足
家家團聚喜恬恬

陳汝栢教授墨寶

倦寫銀屏翠袖垂，菱花開處鬢雲攲。閒情試問新來燕，盡日呢喃欲語誰。

瘦影伶俜上畫樓，晚涼邀月到簾鉤。凝粧佇望牽牛夜，恰似今春一段愁。

舊作遁畫

題蕙學弟清賞

文擢

蘇文擢教授墨寶

目錄

《望雲窗詩稿續編》序

馬顯慈兄的《望雲窗詩稿》出版於二〇二二年五月，出版公司是萬卷樓（臺北）。這部詩集，收錄的詩有三百六十多首，主要是七律，另有五律、五古及七絕。由五月至今，只不過短短幾個月，顯慈兄又交出《望雲窗詩稿續編》，仍請萬卷樓出版。《詩稿續編》收錄的詩，也有二百五十多首，可見顯慈兄一直詩興不減，除了積存的舊作，還陸續有新作。我相信本書出版後，可能仍會有新的《詩稿續編》出版。詩作成果豐碩，顯示顯慈兄精神、體力兩健，詩思汩汩，眞是可喜可賀。

本書收錄的詩，有律詩、絕詩、古詩三種體式，內容分四部分：甲篇文史類、乙篇文化軍政類、丙篇文學類、丁篇雜興類。若干詩後附有自注，這些自注資料，既有助讀者探究詩意，又能增益知識，可說是顯慈兄詩作一貫的特色。

甲篇文史類，涉及的人物有經學、思想、史學、文學諸大家及名家，有一百三十多位。乙篇文化軍政類，涉及的人物是文化界、軍政界的名人，有四十多位。在古典詩歌各種體式及格律的限制下，作者能舉重若輕，概括各人的生平及成就，間有言外之意，可供尋味。附注文字，也能言簡意賅，扼要地提供相關資料，讓讀者毫不費力，就可獲得有用的歷史文化知識。

丙篇文學類，涉及的人物有四十多位，主要是我國古典文學作品中的人物，這些作品有《太平廣記》、《三國演義》、《水滸傳》、《西遊記》、《金瓶梅》、《聊齋志異》、《七俠五義》、《四聲猿》等等，所詠人物，不少是小說戲劇中的虛構角色，也有歷史上實有其人，而文學作品則加入了想像和誇飾。讀這些詩和所附注文，讀者在不知不覺中，可認識、理解一些古典文學作品的內容，同時也會獲得一些文學史知識。

丁篇雜興類，最初有詩四十首，後來增加新作七絕十首，內容包括對人、對事、對物、對生活、對時代等多方面的題材，其中蘊含了作者的心意和感慨，有記事，有寫景，有述懷，有自勵。如〈平休〉一詩，在推許杜甫、李白、元好問三人詩作的同時，抒發了「高風久不振，餘浪漸平休」的感慨。又如〈大浸〉一詩，既述「大浸忽天降，蒼生起怨訶」的災情，同時又產生「世情轉瞬變，人事最多磨」的感觸。事出突然，天災降，世情變，都是傷人的事，兩者聯繫，可約略推知作者的感受。又如〈潛學〉一詩，自言「潛學忘時日」；〈已矣〉一詩，自述「道正不憂慚」；〈索句〉一詩，自云「氣清屏妄念」；〈驛馬〉一詩，自道「亂時志不惑」；〈世上〉一詩，強調「名利亦塵埃」。這些詩句，都是自信、自勵的表白。讀其詩，可想見其為人。〈晚觀〉一詩，大抵是作者臨近退休之作，詩云：「晚觀星欲墜，鬱結未心舒。雞肋今無味，劍彈待食魚。冷然對醜輩，還好讀吾書。高望九秋近，復行及歲除。」徐徐道來，雖有「冷然對醜輩」之句，但不激越，跟著說「還好讀吾書」，可見心緒安然。詩中有鬱結語，有不平語，有自解語，亦有所指。究竟所指爲何？不必明言，知者自能領會。

丁篇中有寫景之作，而景中有情，姑舉兩例。〈涉水〉詩云：「涉水登高閣，穿雲野鶴山。浪潮聲隱聽，古樹影疏閑。空谷罕人跡，深林倦鳥還。漁舟燈火盡，片月照松間。」身處山林中的高閣，目所見是崇山、叢樹，耳所聞是浪潮、雀鳥之聲，待到深夜，漁火已滅，只有月色。淒清幽寂如此，作者心中的寂寥，不是已從寫景的語句透出嗎？又如〈五月〉詩云：「寒氣忽來轉冷森，推窗遠望景長深。漫天黯黯灰雲壓，五月之時十月陰。」這是寫五月陰天之景，寒氣忽來，猶似十月，作者心情本不歡愉，漫天灰雲，更爲環境平添寒意，在這種境況下，人自然會萌生寒冷之感，所謂「情由景生」，「景語即情語也」。這類有感興的詩，不僅在丁篇中有，在甲、乙、丙三篇中也有。有興趣探尋詩意的讀者，不妨細細品味。

這篇短文，篇幅有限，難以周全地述論本書的內容和闡發各首詩的詩意。我在文中引述一些詩句爲例，不過是聊取一勺，輔助說明自己淺嘗後的所知和所感。我以爲，讀者要得到自己的所知和所感，還是直接去讀本書中的詩爲佳。是爲序。

李學銘　二〇二二年冬　於新亞研究所（香港）

甲篇

左丘明

闡述春秋及古經，百家宗匠左丘明。纂修史傳魯君子，褒貶王侯將相兵。
國語記人尊德行，崇儒弘禮重民情。首開敘事編年體，萬世流芳嘉譽聲。

註：左丘明，春秋末期人，曾任魯國史官，為解《春秋》而作《左傳》，後作《國語》，兩書皆記西周、春秋人事。司馬遷《史記．十二諸侯年表序》：「（孔子）七十子之徒口授其傳指，為有所刺譏褒諱挹損之文辭不可以書見也。魯君子左丘明懼弟子人人異端，各安其意，失其真，故因孔子史記具論其語，成《左氏春秋》。」班固《漢書．司馬遷傳》：「贊曰：『自古書契之作而有史官，其載籍博矣。至孔氏籑之，上斷唐堯，下訖秦繆。唐、虞以前雖有遺文，其語不經，故言黃帝、顓頊之事未可明也。及孔子因魯史記而作《春秋》，而左丘明論輯其本事以為之傳，又籑異同為《國語》。』」

子夏

至聖傳賢七十二，孔門子夏卜先生。西河授業徒三百，章句闡明課六經。
切問近思其仁矣，學深禮敬藝文馨。專精卦象弘周易，百代千秋德道銘。

註：子夏，姒姓卜氏，名商（字子夏），春秋末晉人。司馬遷《史記・仲尼弟子列傳》：「孔子既沒，子夏居西河教授，為魏文侯師。其子死，哭之失明。」范曄《後漢書・徐防列傳》：「臣聞詩書禮樂，定自孔子；發明章句，始於子夏。其後諸家分析，各有異說。」（本傳注引《史記》有「（子夏）教弟子三百人」。）《論語・子張》：「子夏曰：博學而篤志，切問而近思，仁在其中矣。」《大戴禮記・衛將軍文子》：「學以深，厲以斷，送迎必敬，上友下交，銀手如斷，是卜商之行也。」

毛氏

孔子刪詩傳子夏，百年轉授逮荀卿。毛家叔侄繼衣鉢，學問承研弼帝廷。

教化弘開揚六義，漢儒修習合五經。序詳旨要倡風雅，美刺興觀道統成。

註：六朝人陸機〈毛詩草木鳥獸蟲魚疏〉：「孔子刪《詩》授卜商，商為之〈序〉，以授魯人曾申，申授魏人李克，克授魯人孟仲子，孟仲子授根牟子，根牟子授趙人荀卿，荀卿授魯國毛亨，亨作《訓詁傳》，以授趙國毛萇。時人謂亨為大毛公，萇謂小毛公。」西漢毛亨、毛萇作傳稱之為《毛詩》，東漢鄭玄作箋注，唐孔穎達作疏，稱為《毛詩正義》或《毛詩注疏》。

陸賈

陸賈振興楚地濱，安邦輔國漢忠臣。聯盟合力平諸呂，循道陰陽繼孟荀。
新語鏗鏘編十二，政施儒法德千春。大才能用逢明主，舌辯功高拱北辰。

註：陸賈，漢初楚國人，能言善辯，出使南越建功，曾說陳平、周勃力誅呂氏藩侯。著有《新語》十二篇，主張儒法兩家思想同用於世。

枚乘

弘農都尉淮陰氏，枚乘雄圖志奮矜。名氣振昇同賈馬，辯才橫逸並毛馮。
宏篇七發開新體，筆法千秋享美稱。綵麗鋪陳言妙道，楚騷風靡繼傳承。

註：枚乘，字叔，淮陰人，漢景帝時為弘農郡都尉。所作〈七發〉影響深遠，為「七體」開首之作。枚乘〈七發〉有云：「可以要言妙道說而去也」。

晁錯

學兼儒法有晁錯，太子智囊善解難。奏獻宏篇貴粟疏，論傳後世漢書刊。
校量攻守言兵事，耿直堅忠鬥黨奸。犯上不知災劫至，滿門慘戮在長安。

註：晁錯，西漢穎川人，景帝時曾任內使，官至御史大夫。《漢書．袁盎鼂錯傳》：「上善之，於是拜錯為太子家令。以其辯得幸太子，太子家號曰『智囊』。」《漢書》收有鼂作〈言太子知術數疏〉、

〈言兵事疏〉、〈論貴粟疏〉、〈舉賢良對策〉諸篇。鼂，古字，今作晁。

董仲舒

仲舒才博德高華，研讀精心奮力加。論證春秋參史事，陰陽錯變議災邪。
天人感應連三策，武帝尊儒罷百家。修學著書傳道統，公羊繁露世稱誇。

註：董仲舒，西漢廣川人，著作豐富，有詞賦傳世，論說以《公羊春秋》為據。〈天人三策〉、〈士不遇賦〉、《春秋繁露》皆為名作。

王安

王安名作淮南子，內外全篇廿萬言。諸子淵思融匯聚，千賓佳構合編存。
撰成頌德離騷傳，修建秦碑孔廟尊。求道升仙精煉藥，黎祁豆腐變丹呑。

註：劉安，沛郡豐縣人。著《淮南子》，內容廣泛，主要為道家思想，約二十萬言。另有〈離騷傳〉、〈頌德〉、〈長安都國頌〉等。明人李時珍《本草綱目》云：「豆腐之法，始於前漢淮南王劉安。」黎祁，豆腐初名。

王褒

王褒建業在西漢，桐柏眞人字子淵。六藝博通尊聖主，九懷傑作頌楚賢。
洞簫聲貌眞奇絕，御馬明君策勵前。佳構名篇存百世，雁江遺址墨池邊。

註：王褒，字子淵，別號桐柏真人，蜀郡資中人。名作有〈洞簫賦〉、〈九懷〉、〈聖主得賢臣頌〉等。
王褒墓在四川資陽市雁江區墨池壩。

京房

開新易學漢京房，正統承傳繼發揚。日蝕雲衡參政事，天旋氣變議分疆。
六爻交互象推理，八卦相生陰配陽。論駁強權成誹謗，遭奸屈陷赴刑場。

註：京房，本姓李，字君明，東郡頓丘人。從焦延壽學《易》，好鐘律，知音聲，參以天象氣候論政，開創納甲、飛星等說，以卦象推說事理。著有《易傳》、《周易章句》、《周易錯卦》、《周易四時候》等。有關人事，詳見《漢書》本傳。

劉向

學淹才博善觀星，劉向方家美譽聲。輯訂楚辭著九歎，廣蒐書典校五經。
陰陽興替論災劫，道德天人相合成。次目弘開編別錄，鴻裁七略子延營。

註：劉向，字子政，祖籍沛郡豐邑，劉氏家世，學問淹博，校閱群書，撰成《別錄》。其子劉歆據此書刪改編成《七略》。

揚雄

西漢蜀郫揚子雲，經書博覽苦耕勤。十金家產無餘石，八載橫山事嚴君。
訓纂編修精小學，方言語譯利傳云。逐貧解嘲甘泉賦，筆力千鈞勢萬分。

註：揚雄，字子雲，蜀郡郫縣人。少從嚴君平學習，著有《法言》、《訓纂篇》、《方言》、〈甘泉賦〉、〈解嘲〉、〈逐貧賦〉等。生平詳見《漢書》本傳。郫，粵音皮，平聲。石，容量單位，粵音擔。

戴德

德業崇尊西漢卿，后蒼親授志皋鳴。今文學派開先路，故里成安享譽榮。
禮記刪編八十五，高功後載三字經。次君繼晷傳儒道，叔侄參商永耀明。

註：戴德，西漢經學家，春秋宋戴公廿二世孫，故里在河北成安縣。與姪戴聖同受禮於后蒼，戴德刪輯《禮》八十五篇，名《大戴禮》，戴聖刪為四十九篇，名《小戴禮》，即今流傳之《禮記》。宋人

《三字經》云：「大小戴，註禮記，述聖賢，禮樂備。」戴聖，字次君。

杜子春

漢世名儒杜子春，道承周禮自劉歆。歸藏易傳明義理，左氏公羊學湛深。
受業賢修有鄭賈，點圈句讀定南針。高齡九十恆栽育，百代蒙恩德譽岑。

註：杜子春，河南緱氏人，曾向劉歆習《周禮》，鄭眾、賈逵從其受業。首句「春」字平聲真韻，與本詩侵韻不同部。

桓譚

東漢桓譚德學崇，琴書精擅五經通。針批讖諱斥虛誕，新論形神辨妄空。
道合人心明事理，君行善政化殃凶。四時代謝觀生死，卓識千秋萬古雄。

註：桓譚，字君山，沛國相山人。反對讖緯之說，重要著作有《新論》二十九篇。現傳《新論·形神》一篇，清人嚴可均《全上古三代秦漢三國六朝文》有輯本。

傅毅

西漢文豪出少年，扶風傅毅學湛淵。蘭臺令史任司馬，迪志勤修慕聖賢。
諷諫明君呈七激，顯宗頌贊并十篇。連珠筆法垂千古，班賈同編創撰焉。

註：范曄《後漢書·文苑列傳》：「傅毅，字武仲，扶風茂陵人也。少博學。……建初中，肅宗博召文學之士，以毅為蘭臺令史。」傅毅年少時撰有四言〈迪志詩〉一首，詳見《後漢書》本傳。永元元年竇憲聘為記室，後遷任司馬。名作有〈舞賦〉、〈洛都賦〉、〈雅琴賦〉、〈七激〉、〈顯宗頌〉等。

匡衡

年少匡衡勤苦孜，史書雜記有傳之。家貧鑿壁偷光讀，學殖豐成善賦辭。
上疏直言感漢帝，說詩通達解人頤。弘揚禮義宣儒道，典範丞相百代儀。

註：匡衡，字稚圭。西漢經學家，漢元帝時位任丞相。《漢書·匡衡傳》云：「諸儒為之語曰：『無說《詩》，匡鼎來；匡說《詩》，解人頤』。」（鼎，衡小名。）匡衡事見《史記》、《漢書》及《西京雜記》。

王充

師事班彪學問淵，王充倡說繼賢先。死生衍化自元氣，今古相齊不奉天。
巨著論衡八十五，反思道統百千年。堅心勵志重詳考，讖諱妄虛針砭穿。

註：王充，字仲任，會稽上虞人。著有《譏俗節義》、《政務》、《養性書》等書，存世至今有《論衡》八十五篇。

盧植

文武全才盧子幹，家鄉興教德盈暉。公孫皇叔拜門下，三禮尚書訂旨歸。
八策奏章陳政要，九江太守振雄威。敢言忠直抗奸賊，千古英豪一布衣。

註：盧植，字子幹，涿郡涿縣人。曾後任九江、廬江太守，劉備、公孫瓚、高誘從其學習。生平事跡詳見《後漢書》本傳。

劉熙

東漢交州大卓賢，劉熙學問細精研。字音列類分八卷，鉅著釋名廿七篇。
聲訓析文堪典範，尋源解義博通川。書成當世享佳譽，吳地韋昭補闕焉。

註：劉熙，字成國，北海郡人。東漢經學家、訓詁學家，於交州著書講學。著有《釋名》、《孟子注》。《釋名》分作八卷，按聲訓方式，訓解名物典禮。韋昭曾針對《釋名》所誤提出補訂，撰《官職

訓》、《辯釋名》各一卷。

薛綜

師事劉熙有薛綜，中郎少傅仕吳都。鑄成宏賦二京解，私載雄文五宗圖。
辨字弘通思捷銳，陳辭謙厚不誇謨。賢良輔國登忠列，三世功名百代模。

註：薛綜，字敬文，沛郡竹邑縣人。三國吳國經學及辭賦專家。善屬文，有才器。著有〈私載〉、〈五宗圖述〉、〈二京解〉。《晉書》本傳云：「自綜至兼，三世傳東宮，談者美之。」

高誘

系出盧門學問專，司空高誘志誠虔。斠詮國策淮南子，疏證春秋呂氏篇。
儒道衢通精論孟，經書博引邁先賢。音詞析辨訂規法，百代文修深究延。

註：高誘，涿郡涿縣人。東漢學者，少受學於同縣盧植，曾任司空掾。著有《孟子章句》、《孝經注》、《戰國策注》、《淮南子注》、《呂氏春秋注》等。

韋昭

東漢韋昭任令丞，封侯受賞在高陵。侍郎學問精音義，國語注箋享盛名。
合著吳書宗正史，深研博弈振鏗聲。以茶代酒觸君怒，囹圄臨身屈罪成。

註：韋昭，字弘嗣，三國吳國重臣。善撰文，精音義訓詁。著有《吳書》、《博弈論》、《國語注》、《辯釋名》、《漢書音義》等。生平事跡詳見《三國志》本傳。

陳琳

陳琳氣盛震畿京，符檄表章勝刃兵。神武賦辭征北敵，爲袁援筆伐曹營。

痛傷飲馬長城窟，訴盡生民悲慘情。東漢文雄風骨壯，衝鋒戰鏑孔璋鳴。

註：陳琳，字孔璋，「建安七子」之一。名作有〈為袁紹檄豫州文〉、〈飲馬長城窟行〉、〈神武賦〉、〈武軍賦〉等。

孫炎

三國方家孫叔然，東州風雅大儒賢。弘揚周易春秋例，駁難子雍尊鄭箋。爾雅精修音與義，經文反切廣通傳。千鈞成就爍今古，馬氏山房有輯延。

註：孫炎，字叔然，山東樂安人。受業於鄭玄，時王肅（字子雍）作《聖證論》以譏難鄭玄，孫炎撰文批駁。著書頗多，有名者為《周易．春秋例》，《爾雅音義》記述反切頗多，對後世音韻學研究影響頗大。清．馬國翰《玉函山房輯佚書》有輯本。

李密

晉有大臣名李密，曾爲蜀地尚書郎。深研左氏春秋傳，師事譙周德學良。
上表陳情侍祖母，盡心孝義感君王。遷官繼任漢中令，耿直難容遣故鄉。

註：李密，字令伯，武陽人。晉武帝召為太子洗馬，以祖母年老多病、無人供養，呈遞〈陳情表〉，竭力推辭。後任溫縣令、漢中太守，因言辭耿直而被免官。事詳見《晉書》本傳。

向秀

玄風吹遍自東漢，向秀學淵志意剛。探道出塵甘淡薄，鼓排灌種友安康。
難忘生死思舊賦，精注逍遙論老莊。世說篇章詳述記，子期疏解世稱揚。

註：向秀，字子期，魏晉河內懷縣人。「竹林七賢」之一，與呂安、嵇康友好，曾撰〈思舊賦〉記其交情，又作〈難嵇叔夜養生論〉辯說養生觀點。劉義慶《世說新語》記述向秀注《莊子》及其有關事宜。

左思

齊宗同脈氏臨淄，卓越才華晉左思。招隱山中明秋月，精編琴曲少年時。
洛陽紙貴三都賦，諷古而今八史詩。尚有瓊章詠白髮，寓言深邃亦新奇。

註：左思，字太沖，臨淄人，生平見《晉書·文苑列傳》。〈傳〉云：「字太沖，齊國臨淄人也。其先齊之公族有左右公子，因為氏焉。」左思有五言詩〈詠史八首〉，其〈白髮賦〉亦頗聞名。

徐廣

徐廣通才精術數，永初受詔進朝門。奏明禮義保皇制，關顧人情代訴冤。
檢校祕藏四大部，修編晉紀萬千言。論音訓詁有憑據，兄長仙民亦學尊。

註：徐廣，字野民，東莞郡姑幕縣人，生於晉宋之世，訓詁專家徐邈（字仙民）之親弟。晉時任祕書監等職，永初元年奉詔編撰《晉紀》，對文字音義研究有深厚功力。《宋書》有傳詳記生平。

裴松之

琅琊太守學淹繁，廊廟之才官任安。奉詔精修三國志，發凡起例六條端。
摭羅缺迭誠良史，辨異是非不隱瞞。博採譚聞書有據，裴家筆撰世傳刊。

註：裴松之，字世期，以南琅琊太守一職致仕，宋武帝劉裕評裴松之為廊廟之才。（見《宋書》本傳）《四庫全書總目提要》謂裴注《三國志》有詳委曲、補闕佚、附同類等六端。

干寶

晉時干寶海鹽遷，博學通經宗聖賢。倡議史書為五志，疏言周易逾三千。
奇聞異錄搜神記，人鬼悲情志怪編。故事明清有續作，聊齋筆法繼承焉。

註：干寶，字令升，河南新蔡人，後遷居海鹽。曾任佐著作郎、散騎常侍等職，負責編修《晉紀》。首著志怪小說《搜神記》。精易學，著有《周易注》、《周易文義》、《周易問難》等書。

任昉

任昉高才好讀書，詩文駢麗學豐腴。博通典籍五經笥，擄騁翰林千里駒。
百世聞名述異記，一生孝友卓賢儒。公田奉秩拯民困，濟急無私德不孤。

註：任昉，字彥升，樂安郡博昌人。虞世南云：「昔任彥昇通經，時稱五經笥。」（見《新唐書．李守素列傳》）《南史》本傳云：「從叔晷有知人之量，見而稱其小名曰：『阿堆，吾家千里駒也。』」

范曄

五等侯封范蔚宗，統承儒學百家通。博觀典籍精音律，駢儷詞章筆健雄。
發憤著書記後漢，增編論史任先鋒。新開合傳人廿一，黨錮宏篇世稱崇。

註：范曄，字蔚宗，順陽縣人。承襲爵位，封武興縣五等侯。編纂《後漢書》，重史論，認為「欲因事就卷內發論，以正一代得失。」（范曄〈獄中與諸甥侄書〉）。〈黨錮列傳〉為二十一人立傳，史學首創。

劉義慶

皇裔宗親劉義慶，兼通文武顯功居。將軍輔國任京尹，興學重材養士胥。
世說舊聞新語錄，宏編後漢先賢書。微情大要旨深遠，百代流傳名不虛。

註：劉義慶，字季伯，彭城人，南朝劉宋宗室。著作有《幽明錄》、《宣驗記》、《世說新語》等。《世說新語》對後世文學發展影響頗深，刊行至今。

劉孝標

齊梁之世士爭鳴，劉氏孝標學博精。六蔽騈文辯命論，十章補闕傲公卿。
豐腴引證注新語，廣絕交篇斷舊情。率性宏才難受用，紫巖栖隱志高清。

註：劉峻，字孝標，本名法武，平原人。以註《世說新語》聞名於世，其作〈山栖志〉、〈辯命論〉、〈廣絕交論〉亦享有盛名。劉孝標生平詳見《南史》本傳。

酈道元

道元才傑實無華，正義堅忠學富奢。博覽奇書深考究，清勤嚴法秉公衙。
畢生成就水經注，親歷山川地理家。遊記文章新體式，修辭造語世稱誇。

註：酈道元，字善長，范陽涿州人。北魏時期任治書侍御史，任冀州、青州、東荊州刺史等職，執法嚴明。著有《水經注》四十卷，首創遊記文學，影響頗深。

徐陵

名齊庾信有徐陵，東海高才官任丞。博覽廣聞能善辯，玉臺新詠繼延承。
詩風綺麗擅宮體，佛理精研勝慧僧。文檄軍書禪詔策，大夫手筆德謙兢。

註：徐陵，字孝穆，東海郡郯人。擅長宮體詩，與庾信齊名，並稱「徐庾」。今存《徐孝穆集》六卷及《玉臺新詠》十卷。《南史》、《陳書》有傳。

陸德明

太師國子侍前朝，陸氏德明吳楚翹。經典釋文三十卷，辨音訓義百千條。
古今並錄括樞要，疏注周詳精校調。序次井然成系統，功高萬代及雲霄。

註：陸德明，名元朗，蘇州吳縣人。南陳時，為興王（陳叔陵）國左常侍，遷國子助教。隋煬帝授國子助教，唐貞觀時拜為國子博士。《經典釋文》〈自序〉云：「古今並錄，括其樞要。經注畢詳，訓義兼辯。質而不野，繁而不蕪。示傳一家之學，用貽後嗣。」

顏師古

武德聖朝受詔銜，萬年學士祕書監。漢書音義注無匹，急就章編疏不凡。
史冊精修匡謬俗，群經考究將蕪芟。揮毫記銘等慈寺，鉤捺懸針家法嚴。

註：顏師古，雍州萬年人，曾任唐祕書少監。家學博深，祖父為名儒顏之推。精訓詁，有《漢書注》、

《匡謬正俗》、《急就章注》等。詩書有法，《全唐文》、《全唐詩》輯有詩文。今存〈等慈寺塔記銘〉乃其墨跡。

李陽冰

國子官亭大令丞，詩仙族叔李陽冰。三墳篆墨勢遒勁，鐵線描毫法上乘。
刊定說文二十卷，高功垂世萬年興。少監遺有草堂序，筆彩斐然論湛矜。

註：李陽冰，字少溫，譙郡人。任縉雲縣令、當塗縣令，擢任集賢院學士，後領國子丞、將作少監。善詞章，工篆書，《三墳記》為代表作，曾刊定《說文解字》為二十卷。有〈草堂集序〉存世。冰、凝，音義通。今「冰冷」之「冰」，本字應是「冫」，詳見《說文》。

房玄齡

清河勝地房玄齡，輔弼李唐興帝廷。記室中書參政事，籌謀社稷保安寧。
通修禮樂除苛法，議制朝章訂律刑。宗祀洪延三百載，聖賢同德耀辰星。

註：房玄齡，名喬，齊州臨淄人。出身於清河房氏，帝堯之後，西漢高祖劉邦置清河郡，即今河北清河。
房玄齡乃唐初名相，受封梁國公，名列「凌煙閣二十四功臣」。

王通

名家世系曲昌星，儒者王通建户庭。夫子文中傳學問，河汾門下譽芳馨。
順天和樂同三教，仁德昭乎續六經。聞過寡言尊孔孟，仲淹道統聖神靈。

註：王通，字仲淹，又稱文中子，隋朝河東郡通化鎮人。著《續六經》，用意在「服先人之義，稽仲尼之心。天下之事，帝王之道，昭昭乎」。書成有名，求學者眾，時有「河汾門下」之稱。

上官儀

文章拔萃上官儀，宮體鏗鏘侍聖尊。任相東西臺三品，弘通對仗詩五言。
忠君罹禍遭誅殺，親嗣忍聲噎淚吞。冤屈廿年方平反，唐書史傳有記存。

註：上官儀，字遊韶，陝州陝縣人。任宰相，善對偶及五言詩，創宮體詩風。《舊唐書．上官儀傳》：「龍朔二年，加銀青光祿大夫、西臺侍郎、同東西臺三品，兼弘文館學士如故。」輒為君皇起草詔書，因武則天廢立事遭誣陷被誅殺。《新唐書》有傳。首句「儀」字平聲支韻，與本詩元韻不同部。

成玄英

唐世奇才成子實，精修周易論安危。博通儒釋兼莊老，賜號西華大法師。
緣起性空非所有，理歸無滯重玄之。直言不美招風雨，隱逸雲臺及暮遲。

註：成玄英，字子實，唐陝州人。精通《老》、《莊》、《周易》、佛經。貞觀五年受召至京，賜號「西

華法師」。「緣起性空」及「理歸無滯」，詳見《南華真經疏》。重要著作有《周易流演》、《度人經註疏》、《南華真經疏》等。

盧照鄰

學滿才高盧照鄰，風華堪比相如君。長安得意聲鴉噪，新尉酒酣傲虎群。
縱筆成篇七大卷，幽憂子集五悲文。遠離行陣孤零雁，羸疾身亡在暮曛。

註：盧照鄰，字昇之，號幽憂子，幽州范陽人，「初唐四傑」之一。《新唐書．列傳．文藝上》云：「（盧照鄰）調鄧王府典簽，王愛重，謂人曰：『此吾之相如』。」擅寫詩賦，有《盧昇之集》、《幽憂子集》存世，名作有〈五悲文〉。首句「鄰」字平聲真韻，與本詩文韻不同部。

楊炯

初唐四傑有楊炯，傲氣縱橫天上來。侍制弘文虛歲月，懷才不遇賦青苔。
親王詹事悅庭菊，伐武株連抵訟裁。官貶梓州修紀法，盈川英殞命堪哀。

註：楊炯，字令明，華州華陰人。進士及第，授弘文館侍制，後太子詹事司直，盈川縣令。存賦八篇，〈老人星賦〉、〈青苔賦〉、〈庭菊賦〉、〈盂蘭盆賦〉較為聞名。

沈佺期

大唐侍讀少詹事，沈氏佺期才藝優。三教朱英爲檢纂，修文館士屢遷酬。
褒城高臥七盤嶺，獨不見詩千載流。移禁司刑宣怨屈，遣歸鄉邑恨悠悠。

註：沈佺期，字雲卿，相州內黃人。七律〈獨不見〉，氣格獨特。五律〈夜宿七盤嶺〉，寫於褒城惆悵之情。因朝政事遭誣罪，沈作五言詩〈移禁司刑〉。

劉知幾

劉氏知幾道正剛，大儒官任尚書郎。邦家柱石承先訓，博極群書及阿房。
修撰史通二十卷，弘揚才學識三長。不崇虛美不掩惡，論事持平成法章。

註：劉知幾，字子玄，徐州彭城人。曾任史官，撰起居注，景龍二年辭官，「退而私撰《史通》，以見其志」。提出史學要具「才、學、識」三長論，影響後世頗大。

張九齡

留侯嗣有張九齡，輔弼開元力振興。忠諫千秋金鑒錄，梅關萬里嶺南丞。
曲江詩雅心清淡，望月感懷意韻凝。古樸儒風持正道，詞人之冠享嘉稱。

註：張九齡，字子壽，號博物，韶州曲江人。開元二十四年呈《千秋金鑑錄》勸諫玄宗。《新唐書》、《舊唐書》皆有傳。

王之渙

才華卓著王之渙，遭謗休官任徙流。擊劍高歌吟出塞，賦詩豪飲訴窮愁。
笛聲悲怨涼州曲，極望凌登鸛雀樓。對偶辭章堪獨步，超凡絕句譽千秋。

註：王之渙，字季凌，唐代并州人。宋・洪邁《容齋隨筆》：「《溫公詩話》云：『唐之中葉，文章特盛，其姓名湮沒不傳于世者甚眾。如河中府鸛雀樓，有王之奐、暢諸二詩，二人皆當時所不數，而後人擅詩名者，豈能及之哉！』按『奐』字必係『渙』字之訛，『諸』字必係『當』字之訛。王之渙與王昌齡、高適齊名，暢當與韋蘇州屢有唱和，本屬勝流，故其《鸛雀樓》詩，卓絕時輩如此。歷考他本，皆無作王之奐、暢諸者，溫公所見，不知何據？容齋未加訂正，亦不可曉。」

高岑

邊塞雄關戰火戢，出征保國有高岑。長年遠戍鎮疆域，五律七言寄意深。

落日孤城悲壯志，窮秋大漠響笳侵。曲昌垂耀雖身死，百世鴻篇傳至今。

註：高適，字達夫，滄州渤海人，有《高常侍集》傳世。岑參，荊州江陵人，著有《岑嘉州詩集》。高適、岑參皆唐天寶時人，以邊塞詩聞世，並稱「高岑」。據唐人詩集所記，高適、岑參、薛據、杜甫、儲光義五人曾同到西安慈恩寺賦詩。

韋應物

大唐京兆韋應物，世系方家自漢延。性潔孤高難仕宦，情深悲怨悼亡篇。
詩風氣度同王孟，意象幽虛寓佛禪。清麗歌行亦古雅，淡描山水詠園田。

註：韋應物，京兆杜陵人，先祖韋賢為西漢丞相。任櫟陽縣令，滁州、江州刺史，檢校左司郎中等職，晚年為蘇州刺史，世稱「韋蘇州」，有《韋蘇州集》存世。

馮延巳

南唐詞傑馮延巳，堂廡恢宏氣格超。學士翰林三相國，同平章事二君朝。
一池春水傳千古，五代冠軍譽九霄。才子詩書堪兩絕，佩文齋譜有存描。

註：馮延巳，字正中，先世彭城人。仕南唐烈祖、元宗二朝，三度為相。清·陳廷焯《雲韶集》評「正中詞為五代之冠」。清人王原祁等輯《佩文齋書畫譜》，有記述馮氏之作。有詞集《陽春集》傳世。

徐鍇

訓詁專家徐楚金，幼孤勤奮學淵湛。官遷校籍集賢館，覽讀藏書遍古今。
詩賦才情同二陸，儒經通考釋五音。說文研訂成繫傳，箋注豐功百代欽。

註：徐鍇，字楚金，南唐文字訓詁學家，原籍會稽。兄徐鉉亦文字學專家，曾校訂《說文解字》。徐鍇仕於南唐，任祕書省校書郎，後遷集賢殿學士。李穆使江南，見徐氏兄弟而稱許：「二陸之流」。（詳

見《南唐書》本傳）。重要著作有《說文解字繫傳》、《說文解字篆韻譜》、《通釋五音》等。湛，依詩韻讀平聲。

晏殊

運逢盛世宋晏殊，行簡德廉任尚書。輔弼朝廷參政要，撰修實錄記皇居。

浣溪沙曲意深婉，蝶戀花詞韻調舒。氣度恢弘昌教化，南京興學集賢胥。

註：晏殊，字同叔，撫州臨川縣人。以詞聞名，擅小令，與歐陽修並稱「晏歐」。任官時參修《真宗實錄》，與范仲淹於慶曆年間辦官學，振興文教。歐陽修〈贈司空兼侍中晏公神道碑銘〉云：「留守南京，大興學校，以教諸生。自五代以來，天下學廢，興自公始。」

晏幾道

百世享名德譽殊，晏家幾道好詩書。叔原運蹇浮虛侍，失意清貧簡樸居。

微雨雙飛人渺遠，夢魂思斷雁聲舒。纏綿哀感心孤傲，婉約詞風領宋胥。

註：晏幾道，字叔原，號小山，北宋詞人。晏殊第七子，與父合稱「二晏」。有個人詞集《小山詞》存世，收詞二百五十多闕。

梅堯臣

梅氏堯臣品正端，家貧好學道孤單。薰風一變西昆體，美政五年建德官。

高論作詩無今古，直言登造平淡難。書成未及親呈獻，病發京師命不安。

註：梅堯臣，字聖俞，世稱宛陵先生，曾任建德縣官五年。其作〈讀邵不疑學士詩卷〉有云：「作詩無古今，惟造平淡難。」曾上奏獻《唐載紀》，惜未及修畢《新唐書》而病逝於汴京。

范仲淹

宋興教化重賢修，范氏仲淹德學優。十事疏陳天下困，千秋名作岳陽樓。
參知慶曆推新政，扶病文豪任潁州。撰曲履霜存百世，一生風義志難酬。

註：范仲淹，字希文，曾任參知政事。好彈琴，撰有〈履霜〉一曲。上奏〈答手詔條陳十事〉，推動慶曆新政。後奉命調任潁州，途中病發，逝於徐州。

丁度

北宋興文大有年，高才丁度任官遷。新成集韻便科舉，合撰武經要略編。
侍讀忠勤弘偉業，尚書德義弼皇權。浮沉宦海心堅毅，儉樸簡居品學賢。

註：丁度，字公雅，河南開封人。曾任通判、侍讀、尚書等職。奉詔刊編《集韻》，又與曾公亮等編纂《武經總要》。生平詳見《宋史》本傳。

蘇洵

眉山英傑氣崢嶸，練達老泉皋鶴鳴。百世聞名六國論，一時佳話三蘇卿。
兩兒進士登科甲，五古精深繼漢聲。譜例編修傳旨要，同宗列序嫡親明。

註：蘇洵，字明允，自號老泉，北宋眉山人。擅散文，長於政論。與子蘇軾、蘇轍，合稱「三蘇」。宋人葉夢得《石林詩話》評其詩「精深有味，語不徒發，正類其文」。著有《嘉祐集》，對譜例之研究，詳見《嘉祐集》卷十四。

曾鞏

北宋南豐曾子固，畢生持重學專精。九年館閣校經典，六論縱橫援筆成。
司法參軍嚴律令，越州通判治廉清。人情洞曉策時務，侍奉慈親孝道明。

註：曾鞏，字子固，江西撫州南豐人。年少時撰〈六論〉，頗有盛名。入太學時曾上書歐陽修獻〈時務

策〉。書法、詩文皆精善。侍親典事，詳見《宋史》本傳。畢生著作甚豐，《元豐類稿》、《隆平集》較為聞名。

王安石

清廉高潔王安石，壯志滿懷導革更。大有爲時移舊俗，明經取士拔精英。
熙寧全力行新政，變法急推起黨爭。怨憤紛紜難繼軌，鐘山退隱偃旗旌。

註：王安石，字介甫，號半山，撫州臨川人。王安石於熙寧元年上〈本朝百年無事札子〉，向神宗奏請新政，謂「大有為之時，正在今日」。有《臨川集》存世。生平詳見《宋史》本傳。

蘇轍

鴻儒典範宋蘇轍，才博志高不可量。權任尚書大學士，直言論策感君皇。

爲兄贖罪披肝膽，坐法貶官受禍殃。壞壁題詩深銘記，一門三傑德芳香。

註：蘇轍，字子由，曾任御史中丞、尚書右丞、門下侍郎等職。散文著稱，長於政論、史論。所著《詩傳》、《春秋傳》、《古史》、《老子解》、《欒城文集》並行於世。有關人事詳見《宋史》本傳。

賀鑄

知章嗣後唐遺老，皇族嫡親文彥修。聳拔雙眉身七尺，雄豪一闋賦六州。

南歌子夜風婉約，宋世齊名稱賀周。行俠襟懷心耿直，難堪失意訴三愁。

註：賀鑄，字方回，又名慶湖遺老，唐人賀知章之後。《宋史》本傳云：「賀鑄，字方回，衛州人，孝惠皇后之族孫。長七尺，面鐵色，眉目聳拔。喜談當世事，可否不少假借，雖貴要權傾一時，小不中意，極口詆之無遺辭，人以為近俠。」工詩詞，婉約、豪放詞風兼有，與周邦彥齊名。名作有〈六州歌頭・少年俠氣〉、〈南歌子・疏遠池塘見〉、〈子夜歌・三更月〉等。

陳師道

江西巨擘陳師道，系出東坡德學諶。眞趣自然詩有法，遣辭幽僻典鉤沉。
閉門覓句苦思索，意韻險奇造語深。論創專精崇老杜，後山集説具南針。

註：陳師道，字履常，一字無己，號後山居士（「後山」又作「后山」），江西詩派代表。南宋・陳振孫《直齋書錄解題》（卷廿一）稱其詩「造詣平澹，真趣自然」。著有《後山集》、《後山談叢》、《後山詩話》。

陳季常

黃州奇傑方山子，隱士高名陳季常。任俠英風如朱郭，豪情好酒唯杜康。
東坡謫遇同修佛，博論兵書議策章。洪邁容齋詳軼事，獅吼震響駭堂庠。

註：陳慥，字季常，又稱方山子，四川眉山人。晚居黃州，好禪學，自稱龍丘先生。與蘇軾為同鄉好友，

蘇軾撰寫〈方山子傳〉，謂陳慥少年時仰慕朱家、郭解。南宋．洪邁《容齋隨筆》記述其人其事。

楊萬里

後山風靡及南宋，萬里追隨有誠齋。家學淵深崇古道，詩壇獨步傲同儕。
文章氣度趨韓柳，筆力高華近杜崔。專集遺篇四千首，情兼俗鄙與莊諧。

註：楊萬里，字廷秀，號誠齋，江西詩派繼承者，推崇唐宋名家詩文。著有《誠齋集》、《誠齋詩話》，代表作有〈插秧歌〉、〈竹枝詞〉、〈初入淮河四絕句〉等。

張孝祥

唐朝先祖大文昌，七世玄孫張孝祥。詩酒淋漓才卓絕，狀元及第性賢良。
六州望斷悲風雨，一士臨危鬥賊梁。書法濤瀾更潑辣，豪雄筆力勢橫狂。

註：張孝祥，字安國，號于湖居士，歷陽烏江人。先祖張籍，字文昌。精詩詞及書法，畢生仰慕東坡才學，名作有〈六州歌頭·長淮望斷〉。著有《于湖集》及《于湖詞》，皆存於世。

朱淑貞

南宋奇葩朱淑貞，幽棲居士女豪英。不隨黃葉秋風舞，攜手西湖落日情。
春怨連環五獨字，愁懷婉轉一悲聲。璇璣圖字法妍娬，池北偶談有述評。

註：朱淑貞，號幽棲居士，南宋女文學家。朱氏詩詞書畫皆擅，名作有〈春怨〉、〈愁懷〉、〈梅竹圖〉等。清人王士禛《池北偶談》卷十五，有記朱氏曾手書〈璇璣圖〉一卷及其有關典事。娬、嫵，異體字，《偶談》有版本作娬。

呂祖謙

呂氏祖謙志意俱，方家學問繼擔扶。寒泉精舍研心法，講論鵝湖會陸朱。
周易繫辭釋義訓，東萊博議導儒衢。聯編鉅著近思錄，道統宏揚開廣途。

註：呂祖謙，字伯恭，婺州人。官宦世家，師承林之奇、汪應辰、胡憲。一生著作豐腴，名作有《東萊集》、《周易繫辭精義》、《東萊博議》、《呂氏唐鑑音注》等。與朱熹合編《近思錄》，為後世性理諸書之祖，影響深遠。

陳亮

永康陳亮號龍川，南宋文雄震九天。生死深交有辛鄭，詞章豪邁正坤乾。
三書獻奏難爲用，萬古胸懷眞卓賢。志意堅忠報家國，高崇風義百代延。

註：陳亮，字同甫，號龍川，婺州永康人。與辛棄疾、鄭汝諧有深交，文章義理精闢，筆力雄厚，氣勢激

昂，自稱「人中之龍，文中之虎」。清・紀昀評之曰：「推倒一世之智勇，開拓萬古之心胸」。（見《四庫全書總目提要・卷一百六十二・集部十五》）。著有《龍川詞》、《龍川文集》等。

吳文英

浙江修彥吳文英，婉約詞風繼美成。境界空靈而幻化，夢窗律韻更深精。
秋闈餞別濺悲淚，琢語幽思落葉聲。壯逸孤懷舒鬱結，哀時感世説枯榮。

註：吳文英，字君特，號夢窗，晚年號覺翁，浙江寧波人。清・況周頤《蕙風詞話》評之曰：「夢窗與蘇辛二公，實殊流而同源。其所為不同，則夢窗緻密其外耳。」有《夢窗詞》三百四十首存世。

董解元

金朝戲曲有方家，董氏生平難考查。錄鬼簿中云創始，西廂鈔本記無差。

代言體式諸宮調，唱白彈詞百代誇。合韻連珠說故事，解元妙構譽高華。

註：董解元，金朝諸宮調作者，生卒不詳，待考。元·鍾嗣成《錄鬼簿》卷上有董解元一名，但云：「前輩已死名公有樂府行於世者」及「大金章宗時人，以其創始，故列諸首。」

劉時中

生卒未詳難溯宗，元朝大德劉時中。宏才耿介不高任，彩筆含章怨曲風。

小令連編三十四，新開體例變無窮。構思擬事更精妙，代馬訴冤讚譽隆。

註：劉時中，元代散曲名家，生卒難考，大約活躍於元朝成宗大德年間。近有學者劉方園、趙望秦撰〈元代散曲家劉時中生平仕歷新考〉，詳考其生平及有關事跡。劉氏〔雙調〕〔新水令·代馬訴冤〕，享有高譽。

王文郁

金朝平水王文郁，編撰功高德業宣。精析字音成準的，辨分今古繼前先。
新刊韻略一零六，嘉定風行癸未年。律調四聲爲典範，賦詩歌詠有憑焉。

註：王文郁，生卒年不詳。據記載，有金朝平水人氏王文郁於一二二三年撰成《新刊韻略》，此書將字音按平仄四聲分為一百零六韻，後世稱之為「平水韻」。張天錫《草書韻會》、陰時夫《韻府群玉》，亦依此一百零六韻，明清詩人一直沿用。

周密

周密高才號草窗，詩書曲畫藝精良。齊東野語百科匯，絕妙好詞箋細詳。
詠史沉雄崇李杜，歸園旨意慕陶王。浩然齋雅談文趣，修錄遺篇補佚亡。

註：周密，字公謹，號草窗，宋末元初吳興人。出身官宦世家，精詩詞及書畫。著有《齊東野語》、《絕

妙好詞箋》、《雲煙過眼錄》、《浩然齋雅談》等。與吳夢窗並稱「二窗」。首句「窗」字平聲江韻，與本詩陽韻不同部。

馬端臨

幼承家訓學專深，宋末元初馬端臨。不仕隱居研史傳，讀書精細具規箴。
編修文獻通考訂，列類五門更用心。堅志育才興教化，扶風鄉黨建庠林。

註：馬端臨，字貴輿，號竹洲，饒州樂平人，宋末元初史學名家。代表作有《文獻通考》、《大學集注》、《多識錄》等。《文獻通考》參照杜祐《通典》類目，另闢「經籍、帝系、封建、象緯、物異」五門。

宋濂

宋濂別號玄眞子，明代鴻儒大翰林。開國文臣居領首，讀書纂述論精岑。
禽荒戒語全忠直，謫貶夔州惹禍深。七尺三才同一性，宏光萬古聖賢心。

註：宋濂，金華浦江人，元末明初學者。與高啟、劉基並稱為「明初詩文三大家」。朱元璋稱譽為「開國文臣之首」。宋濂自云：「自以為七尺之軀，參於三才，而與周公、仲尼同一恆性。」（見《文憲集》卷九，〈贈梁建中序〉）清・夏燮《明通鑑》卷四：「（洪武四年）上一日御奉天門外西鷹房，觀外國所獻海東青，敕儒臣應制賦詩。濂七步成，有『自古戒禽荒』語。上曰：『朕偶玩之耳，不甚好也』。濂曰：『亦當防微杜漸』。肅（唐肅）亦呈一絕句，有『詞臣不敢忘歸諫，卻憶當年魏鄭公』語，上不懌而起。」

高啓

平江名士青丘子，劉宋合稱三大家。四傑吳中高太史，七言古體世堪誇。

詩風質樸意堅直，撰擬耕農田豆瓜。虎踞龍蟠招主怒，慘遭死罪被刀撾。

註：高啟，元末明初平江路長洲縣人，曾隱居吳淞江，自號青丘子。與劉基、宋濂合稱「明初詩文三大家」，又與楊基、張羽、徐賁譽為「吳中四傑」。據記載，高作〈郡治上梁文〉有「龍蟠虎踞」四字，因而犯忌被誅。

解縉

洪武皇朝庶吉士，江西解縉志弘恢。太平十策揚忠毅，永樂鴻篇任總裁。

狂草龍蛇舞翰墨，自書詩卷驚風雷。進言耿直君疏遠，招妒遭誅最堪哀。

註：解縉，字大紳，號春雨，江西吉水州人。解縉奉旨編撰《明太祖實錄》、《古今列女傳》及《永樂大

典》。精書法，善狂草，墨跡有《自書詩卷》、《書唐人詩》。解縉生平事蹟詳見《明史》。

歸有光

崑山寶地耀魁星，歸氏有光品聖靈。精論諸家廿一史，貫通義疏十三經。
震川書院金科備，項脊文章百代馨。廉潔堅剛無退怯，寺丞太僕袖風清。

註：歸有光，蘇州崑山縣人，字熙甫，號震川，又號項脊生。明嘉靖年進士，歷官知縣、通判、南京太僕寺丞等職。參與編修《世宗實錄》，著有《易經淵旨》、《諸子匯函》、《文章指南》等。

唐順之

荊川德業承家訓，道統宗儒論不虛。退隱深研百子史，閒居細讀六經書。
弘通韜略精槍法，授領雄兵將賊屠。文武雙全明學士，殺倭衛海鎮廷閭。

註：唐順之，字應德，號荊川，武進人。明儒學者、散文家、軍事家、抗倭英雄。按典籍記載，唐氏精通武技及槍法。詩文俱備，有《荊川先生文集》傳世。另有《文編》、《武編》、《兩漢解疑》、《荊川稗編》等。

茅坤

歸安人氏有茅坤，祖籍浙江稱鹿門。武備雄豪威海內，奇兵雕剿鎮西藩。
白華藏稿逾十萬，唐宋文鈔彙八尊。雅好詩書研得法，六經精粹繼延存。

註：茅坤，字順甫，號鹿門，浙江湖州府歸安縣人。文武兼擅，曾用「雕剿」之法破賊。編《唐宋八大家文鈔》，藏書甚豐，有《白華樓藏稿》。

來知德

學品尊崇來知德，窮研經史道魁梧。弘揚周易四聖說，錯綜相生八卦圖。
撰美圓歌闡白黑，博通象理指瑕瑜。潛心隱逸眞夫子，清節高風明大儒。

註：來知德，字矣鮮，別號瞿塘，夔州府梁山縣人。畢生研究《周易》，著有《周易集註》、〈梁山來知德圓圖〉、〈美圓歌〉等。有謂《周易》包含伏羲、文王、周公、孔子四人之論著，即伏羲畫八卦，文王作卦辭，周公作爻辭，孔子撰《易傳》，後世稱之為「四聖」。

王世貞

高才元美仕畿京，七子之中道達明。掌故精通兼曲畫，史乘考誤有鏗聲。
弇山堂集辨經訓，藝苑卮言擬古評。近俗動人神境會，方家識見最崢嶸。

註：王世貞，字元美，號弇州山人，直隸蘇州府人。文史、書法、戲曲皆精擅，與李攀龍、徐中行、梁有

譽、宗臣、謝榛、吳國倫合稱「明後七子」。王世貞對戲曲文學十分欣賞，評〈荊釵記〉：「〈荊釵〉近俗而時動人。」（王氏《曲藻》）著有《史乘考誤》、《弇山堂別集》、《藝苑卮言》等。

梅膺祚

國子監生道學俱，宣城膺祚大明儒。說文研析成字彙，今古俗通定楷模。
部首刪編重整合，精修韻法直橫圖。筆形點畫新排次，開創周全便索途。

註：梅膺祚，字誕生，安徽宣城人，明朝國子監太學生。萬曆年間編成《字彙》，書中備有「運筆」、「從古」、「古今通用」、「檢字」、「韻法直圖」、「韻法橫圖」等多種附錄。此書將《說文》部首簡化為二百一十四部，編檢有重大改進，對《正字通》、《康熙字典》之編輯有重要影響。

鍾惺

退谷先生出竟陵，書香世代美聲傳。幽深孤峭成風格，闡發性靈參佛禪。
遊五夷山新小品，分三等次論精專。詩歸舟晚夏梅說，俳體江行亦卓焉。

註：鍾惺，字伯敬，號退谷，湖廣竟陵人。曾撰〈楞嚴經如說〉，推動佛教復興。〈遊五夷山記〉、〈詩歸〉、〈舟晚〉、〈夏梅說〉、〈江行俳體〉十二首等，皆為名作。首句「陵」字平聲蒸韻，與本詩先韻不同部。

譚元春

譚氏元春亦竟陵，文魁高耀天啓間。詩歸合撰性靈說，孤峭同趨險韻攀。
遊九峰山筆調冷，次三乂水月窺閒。好茶有道深研探，穀雨之前早擷還。

註：譚元春，湖廣竟陵人，字友夏，號鵠灣。明天啟間鄉試第一。譚有題作〈次三乂潭〉五言律詩。與鍾

悭合編《唐詩歸》及《古詩歸》。譚好茶，將之分為三，有詩〈頭茶〉、〈二茶〉、〈三茶〉。另有〈穀雨前三日催僧採茶〉詩述之。首句「陵」字平聲蒸韻，與本詩刪韻不同部。

馮夢龍

明有奇才馮夢龍，登科屢試未簪紅。讀書萬卷難官任，成就三言諷俗庸。
詞譜墨憨修曲韻，智囊譚概述民風。鬱陶集銘怨離別，酒癖詩狂仕窘窮。

註：馮夢龍，字猶龍，號龍子猶、墨憨齋主人、吳下詞奴、顧曲散人等。名作《喻世明言》（又名《古今小說》）、《警世通言》、《醒世恆言》，合稱「三言」，三書與凌濛初《初刻拍案驚奇》、《二刻拍案驚奇》合稱「三言二拍」。除《三言》外，尚有《智囊》、《情史》、《墨憨齋詞譜》、《古今譚概》、《鬱陶集》等著作。憨，粵音堪，平聲。

凌濛初

夢龍同道凌濛初，今古奇觀兩合融。家世名聞多述著，參商互耀未相逢。
刻書有法廿餘種，版印精修雙套紅。譚曲新評貴本色，南音三籟譽聲隆。

註：凌濛初，字玄房，號初成，別號即空觀主人。與馮夢龍同是明萬曆人，亦科場失意之士。凌家為江南刻書名家，套版印書有重大貢獻。除《二拍》外，亦有戲曲論著，《譚曲雜札》、《南音三籟》兩作皆負盛名。明人顧有孝，別號抱甕老人，精選《三言》、《二拍》四十篇編成《今古奇觀》。首句「初」字平聲魚韻，與本詩東韻不同部。

徐霞客

千古奇人徐霞客，方家弘祖德馨香。群書博讀勘風水，萬里遐征及畛疆。
五嶽登攀會文友，九州踏遍歸故鄉。縱橫天地三十載，廿卷遊蹤世傳揚。

註：徐霞客，名弘祖，字振之，號霞客，江陰縣人。著有《徐霞客遊記》廿卷，記述中國山川名勝文物甚豐。清・錢謙益評徐為「千古奇人」。

魏禧

裕齋魏氏本名禧，隱逸山林居翠微。文學百年顯天下，易堂九子拱星輝。

堅心不受鴻詞任，傑作長存大鐵椎。尚有詩書兵法論，豪橫氣魄志沖飛。

註：魏禧，字冰叔，號裕齋、勺庭先生。明亡，隱居寧都翠微峰。與兄魏祥、弟魏禮，及彭士望、林時益等人合稱「易堂九子」。清・尚熔〈書魏叔子文集後〉評魏禧「以經濟有用之文學，顯天下百餘年」。著作有《左傳經世》、《兵謀》、《兵跡》等，〈大鐵椎傳〉廣為傳誦。

陳維崧

陳氏維崧魄氣雄，蘇辛繼後志兼融。半塘小泊傷春暮，湖海樓詞存正風。
路盡思窮逢妙境，汴京懷古滿江紅。迦陵駢體亦高絕，三鳳齊鳴享譽同。

註：陳維崧，字其年，號迦陵，與吳兆騫、彭師度譽為「江左三鳳」。陳氏〈唐多令．春暮半塘小泊〉聞名於世。詞集《湖海樓詞》收錄一千六百多首作品。

葉燮

書香世代葉星期，論學精深獨闢蹊。識力膽才情事理，質文美惡拙工稽。
原詩內外四巨卷，宿願覽遊五洩溪。伉直難容罷官去，橫山揚道撰已畦。

註：葉燮，字星期，號已畦。浙江嘉興人，清初詩論家。曾任江蘇寶應知縣，因耿直而罷職。絕意仕途，縱情山水。晚居江蘇吳江橫山，世稱橫山先生。「五洩」亦作「五泄」，在浙江諸暨市郊，「洩」指

瀑布，瀑布從山巔崖壁飛流而下，分作五級，總稱「五洩溪」。葉燮有詩論專著《原詩》及詩文集《已畦集》。首句「期」字平聲支韻，與本詩齊韻不同部。

朱彝尊

金風亭長朱彝尊，承訓明儒師茀園。秀綺風懷二百韻，舊聞日下十三門。
曝書帙卷藏八萬，詞綜發凡逾千言。靜志鳴琴修德性，古藤屋宅映黃昏。

註：朱彝尊，字錫鬯，別號金風亭長，浙江秀水人。少從其叔朱茂皖（號茀園）遊學，受博學鴻詞科、翰林院檢討。著有《日下舊聞》、《經義考》、《曝書亭詩文集》等。又選輯唐宋元諸家作品為《詞綜》。另有《江湖載酒集》、《靜志居琴趣》、《茶煙閣體物集》等。朱有一首五言排律詩作〈風懷二百韻〉，頗有聲名。故宅名「曝書亭」，又稱「古藤書屋」。

屈大均

晚明傑士屈大均，魄氣豪雄保帝京。捨命死庵抗滿賊，海雲薙髮鬥狂鯨。
廣東新語開新例，萊圃楚詞延楚聲。俠骨丹心堅壯志，翁山風雅嶺南鳴。

註：屈大均，字介子，號翁山、萊圃，廣東番禺人。少年參與抗清活動，曾到海雲寺削髮為僧，又將隱居之處名曰「死庵」，以示反清心志。屈大均撰《廣東新語》，自序：「吾于《廣東通志》，略其舊而新是詳，舊十三而新十七，故曰『新語』。」另有《翁山詩外》、《四朝成仁錄》等三十多種著作。首句「均」字平聲真韻，與本詩庚韻不同部。

朱素臣

文娛戲曲繼南遷，朱氏素臣將藝延。兩死含冤十五貫，千鈞劇力九更天。
北詞廣正重新譜，音韻須知合纂研。旨妙情深弘教化，方家學究有評焉。

註：朱素臣，江蘇吳縣人，清初戲曲作家。著有傳奇十九種，與李玉編纂《北詞廣正譜》及李書雲合編《音韻須知》，對戲曲創作及研究有貢獻。清・董康《曲海總目提要・新傳奇品》評其曲：「如少女簪花修容自愛。」名作有〈十五貫〉、〈未央天〉（又名〈九更天〉）、〈四聖手〉等。

王士禛

蠶尾山房王士禛，阮亭又別號漁洋。雲間雁列工楷法，御史藏書鑑印章。
詩論獨標神韻說，風流盡得百年芳。大明湖上詠秋柳，四調黯然寄恨亡。

註：王士禛，字貽上，號阮亭，別號漁洋山人，齋號蠶尾山房，人稱王漁洋，《清史稿》有傳。藏書專家，精書法。清・冒闢疆《同人集》評之曰：「小楷之工，足與雲間雁行。」又精詩論，詩作〈秋柳〉並序四首，影響頗深。著作有《蠶尾集》、《池北偶談》、《漁洋詩集》等。首句「禛」字平聲真韻，與本詩陽韻不同部。

潘耒

潘耒學高品正良，亭林嫡系繼傳揚。百行一覽遍書冊，過目不忘憶記強。
主纂前朝食貨志，佐修明史輯華章。功成侍母歸鄉里，止止居間遂初堂。

註：潘耒，字次耕，晚號止止居士，書室名遂初堂、大雅堂。應詔參與纂修《明史》、《食貨志》等。著有《類音》、《遂初堂詩集》、《遂初堂文集》等。耒，粵音類，去聲。

納蘭性德

葉赫那拉正黃旗，納蘭望族系東夷。風華絕俗書香世，德性融和孝義持。
飲水詞清含逸秀，靈心容若怨深思。兼修文武承家法，通志經藏百代垂。

註：納蘭性德，葉赫那拉氏，字容若，滿洲正黃旗人。詞風清麗婉約，格高韻遠。著有《通志堂集》、《側帽集》、《飲水詞》等。

何焯

蘇州寄籍在崇明，何氏義門清傑英。弘道孤心專漢史，藏書萬卷校讎精。
登科二甲升進士，帖學四家享大名。楷法功深受聖詔，注箋經典世高評。

註：何焯，字潤千，又字屺瞻，號義門、茶仙。蘇州人，寄籍崇明，為官後還回舊鄉，人稱義門先生。精訓詁，校讎古籍功深。善書法，楷體聞名，清代「帖學四大家」之一。著有《義門讀書記》、《困學紀聞箋》、《詩古文集》、《道古錄》等。

盧文弨

盧氏召弓科甲一，好研文字學深藏。孟荀音義精勘究，儀禮修編更細詳。
典籍通抄承祖訓，群書拾補顯名揚。乾嘉戴段爲師友，德業雙馨抱經堂。

註：盧文弨，字召弓，一字檠齋，晚號弓父，堂號「抱經」，世稱抱經先生，浙江杭州人。重要著作有

《抱經堂叢書》、《抱經堂集》、《儀禮註疏詳校》、《群書拾補》等。

江聲

師承惠棟大鴻儒，奇傑江聲吳楚胥。好篆艮庭工墨竹，通人樸學漢門閭。

說文研礪精轉注，音義弘修辨尚書。考古治經嚴有法，遺辭論講不疏虛。

註：江聲，號艮庭、鱷濤，原籍安徽休寧，僑寓江蘇元和。善考證，精《說文》，工書法，尤好古篆。著有《尚書集註音疏》、《六書說》、《恆星說》、《艮庭小慧》等。

王鳴盛

江蘇嘉定王鳴盛，光祿寺卿仕宦虛。學問宏通批實錄，金碑文獻力修苴。

名成十七史商榷，深究卅年案尚書。春日園居詩八首，西昆律韻漢風舒。

註：王鳴盛，字鳳喈，別字西莊，晚號西江、西沚居士，江蘇太倉州嘉定人。官侍讀學士、內閣學士兼禮部侍郎、光祿寺卿。著作有《十七史商榷》、《尚書後案》、《西莊始存稿》等。其詩〈春日園居雜詠八首〉，亦聞名當世。

趙翼

清世登科先進賢，常州趙翼任修編。風騷領引倡詩論，文藝性靈新創研。

札記宏篇廿二史，精評人事五千年。豐腴碩學通今古，甌北功高啓後延。

註：趙翼，字雲崧，一作耘崧，號甌北，別號三半老人。清世常州人，文史大家，精詩論，主創新。有詩作逾三千首。長於史學，考據精深，所著《廿二史札記》與王鳴盛《十七史商榷》、錢大昕《二十二史考異》合稱「清代三大史學名著」。

畢沅

江南文傑畢秋帆，經訓傳承學不凡。侍讀君皇爲太保，中和殿試甲科銜。
延賢重輯續通鑒，高義資刊親掖摻。政務頻繁湖廣督，靈巖詩雅韻呢喃。

註：畢沅，字纕蘅，號秋帆，又號靈巖山人，江南鎮洋人。乾隆年間狀元及第，授翰林院編修，官至河南巡撫、湖廣總督。著作有《續資治通鑑》、《經典辨正》、《靈巖山人詩文集》等。

余蕭客

幼承慈訓余蕭客，研讀群書門法深。好古傳抄師惠棟，多聞廣識慕亭林。
九經考證詳詮釋，文選音辭細酌斟。鉅著雜題三十卷，詩風騷雅寄哀吟。

註：余蕭客，字仲林，號古農，蘇州人。師從惠棟，好抄錄奇書，閱覽豊富，受聘修《畿輔水利志》。著有《文選音義》、《文選紀聞》、《雜題》、《選音樓詩拾》等。

章學誠

清有大儒章學誠，蓮池論講享名聲。古今世教倡經用，文史精修通義評。
方志新開三體例，專門獨斷一鳴驚。蓁蕪辟去見眞聖，卓照靈光心力明。

註：章學誠，字實齋，號少巖，會稽人。《文史通義》對學術及文化影響深遠。倡六經皆史之論，治經史別具方法。章氏〈上尹楚珍閣學書〉云：「學誠讀書著文，恥為無實空言，所述《通義》，雖以文史標題，而於世教民彝，人心風俗，未嘗不三致意，往往推演古今，竊附詩人之義焉。」確立方誌「三書」體例，志、掌故、文徵分成三書，互為表裏。重要著作有《校讎通義》、《方誌略例》等。「專門」、「獨斷」之說，詳見《文史通義》〈外篇〉。

邵晉涵

清世名儒邵晉涵，百家涉獵學精諳。春秋解詁疏箋曉，爾雅深研義理探。

四庫全書編史部，三通續典佐修戡。姚江傳撰棹歌曲，膾炙民間和唱酣。

註：邵晉涵，字與桐，號二雲，又號南江，浙江餘姚人。乾隆時進士，任《四庫全書》史部編修，《八旗通志》、《二史館》、《三通》館纂修官。著作有《爾雅正義》、《舊五代史考異》、《孟子述義》、《韓詩內傳考》等。

汪中

慈親授讀汪容甫，博覽群書道正宗。好辯縱橫心直傲，駢文冠冕世稱雄。

勘查四庫居功大，佐纂南巡盛典中。可恨積勞多病痛，未逢甲子壽歸終。

註：汪中，字容甫，江都人。乾隆年間舉為拔貢生，歷任知府書記。曾點校文宗閣、文瀾閣所藏《四庫全書》。乾隆四十八年，於南京參與編纂《南巡盛典》。有關人事詳見《清史稿》。

洪亮吉

乾嘉盛際耀昌邦，亮吉不凡號北江。苦學家貧侍寡母，駢文典事世無雙。
編修史館翰林士，放逐伊犁死罪扛。隨遇而安終困解，天山客話詠心窗。

註：洪亮吉，字君直，號北江，江蘇陽湖人。曾任安徽、陝西官員幕府。授翰林院編修，國史館編纂官。因上書〈乞假將歸留別成親王極言時政啟〉而下獄。流放伊犁，撰有風物志《天山客話》、《伊犁日記》。

孔廣森

乾嘉傑士孔廣森，儀鄭堂名崇古心。至聖嫡傳道正統，東原直系學高岑。
六書九數皆通曉，大戴公羊闡發深。考證駢文雙冠絕，顨軒述著銘儒林。

註：孔廣森，字眾仲，號巽軒（又作顨軒；顨，巽之古字），堂名儀鄭，山東曲阜人，孔子六十九代孫。

受業於戴震、姚鼐。著有《春秋公羊傳通義》、《大戴禮記補註》、《儀鄭堂駢儷文》等。

孫星衍

名門世系孫星衍，天下奇才學問淵。博極群書深考究，遍蒐金石礪精研。
治家雙桂聚賢士，主事三通詳校編。寰宇訪碑存刻拓，七千珍寶至今傳。

註：孫星衍，字淵如，號伯淵，陽湖人。家居雙桂坊，好交文人雅士。任山東布政使，畢生好讀群書。《寰宇訪碑錄》乃按所見刻碑而編成，自周至元末，收錄各地石刻碑碣七千多塊。

郝懿行

名滿乾嘉郝懿行，棲霞高學博深淵。恩科無任守廉介，終日鉛黃細讀研。
爾雅精修撰義疏，春秋說略是鴻編。貫穿經傳詮列女，夫婦同心著署聯。

註：郝懿行，字恂九，號蘭臯，山東棲霞人，清嘉慶進士。名著有《爾雅義疏》、《山海經箋疏》、《春秋說略》等。妻王照圓，亦著書名家，有《列女傳補註》、《列仙傳校注》、《閨中文存》等專著。郝氏夫妻好校閱書籍，藏書甚豐。清代《棲霞縣志》云：「（郝氏夫婦）性嗜學，精訓詁，牙籤萬卷，終日鉛黃不離手。」首句「行」字平聲庚韻，與本詩先韻不同部。

江藩

鄭堂苦讀博修研，萬卷書藏齋半氈。湖本尊儒精目錄，育才麗正任開先。
國朝漢學師承記，輯纂廣東通志編。道統弘揚明大義，江湖載酒寄詞焉。

註：江藩，字子屏，號鄭堂，安徽旌德人，清代經學家、目錄學家。好藏書，有書室曰「炳燭室」、「半氈齋」。受任麗正書院山長，《廣東通志》纂修官。著作有《漢學師承記》、《宋學淵源記》、《江湖載酒詞》等。

張惠言

清貧家境幼孤居，張氏惠言苦讀書。考釋說文小學問，博通辭賦大鴻儒。
弘修周易虞翻注，建構康成儀禮圖。遺著偉詞四十六，深長興韻載江湖。

註：張惠言，字皋文，號茗柯，武進人。乾嘉學者，精詩賦駢文，深研易學及古禮，與惠棟、焦循譽稱「乾嘉易學三大家」。著有《茗柯文編》、《周易虞氏義》、《儀禮圖》等。

李汝珍

多才好學少孤貧，松石道人李汝珍。文統淵深通博弈，詩書飽讀展經綸。
鏡花緣說旨無匹，音鑑聲圖韻絕倫。諷刺尖酸精構想，描摹百態細纖陳。

註：李汝珍，字松石，號松石道人，直隸大興人。博學多才，精通文學、音韻，名作有《鏡花緣》、《李氏音鑑》。《李氏音鑑》第六卷〈字母五聲圖〉對後世音韻學研究有重大影響。

焦循

博識宏通業奮勤，精修訓詁志干雲。諸家融會研易孟，義理深思究典墳。
援解六書論十翼，天元一釋辨微分。雕菰半九藏千卷，學問崇專卓不群。

註：焦循，字理堂，江蘇揚州人。應禮部試不第，返鄉侍母，閉戶著書，葺屋宅名「半九書塾」，後構樓名「雕菰」，著有《天元一釋》、《里堂學算記》、《易通釋》、《孟子正義》等。

江有誥

清世乾嘉江有誥，探研學問闢新途。精分韻部爲廿一，綜論古音成十書。
聯類諧聲辨異讀，說文考訂例無虛。等呼字母具門法，王段魁儒同讚噓。

註：江有誥，字晉三，號古愚，安徽歙縣人。專精古音，將江永古韻十三部細分，幽侯分為二，支脂分為三，又將脂部再析出祭部，真文析為二，由此定古韻為二十一部。段玉裁、王念孫皆稱許江氏學問，

詳見《清史稿》本傳。江氏代表作有《江氏音學十書》。

王筠

王筠廉政潔無瑕，好學勤修曲沃衙。辨析說文承段桂，傳揚小學系乾嘉。
弘通許篆著釋例，獨創門庭成一家。石刻金碑佐論證，研風樸實不虛誇。

註：王筠，字貫山，山東安丘人。授山西鄉寧知縣、曲沃知縣。重要著作有《說文釋例》、《說文句讀》、《文字蒙求》等。與段玉裁、桂馥、朱駿聲合稱「《說文》四大家」。

朱駿聲

石隱奇才譽滿城，曉徵衣缽繼專精。研經補註擅辭賦，解字說文大有成。
假借引伸明通訓，轉音分部審定聲。創新綱目十八卷，一派開宗駿嘶鳴。

註：朱駿聲，字豐芑，號允倩，晚號石隱，江蘇蘇州人。師承錢大昕（字曉徵），熟習經史，擅長辭賦，著作甚豐，《說文通訓定聲》為代表作，開創以聲韻分部編次《說文》篆字，並詳論其音義訓解。

魏源

魏源中舉在道光，聖主親批大讚揚。力作籌漕海國志，宣通西技制夷長。武功餘記明軍政，元史新編論策疆。晚輯四經淨土說，傳弘文化志堅強。

註：魏源，名遠達，字默深、墨生、漢士，號良圖，湖南邵陽人。清道光年間中進士，任高郵知州，晚年歸隱修佛，法名承貫，編輯《淨土四經》。著有《籌漕篇》、《湖廣水利論》、《武功餘記》、《元史新編》、《海國圖志》等。

馬國翰

典籍盈藏好古篇，馬家世代繼承傳。孜孜抄錄無虛日，汲汲蒐尋有志焉。

遍輯佚書卷七百，類分經史子三編。玉函山內五萬冊，千載遺文得存延。

註：馬國翰，字詞溪，號竹吾，濟南歷城人。曾祖馬雲龍為歷城勸夫莊，父親馬名錦任山西知縣，皆文獻學、藏書專家。馬國翰窮畢生精力輯成《玉函山房輯佚書》，收佚書幾百種，卷帙浩瀚，貢獻宏大。

許瀚

高郵王氏有傳人，日照印林夙夜勤。金石說文研得法，刻書勘校世無倫。

北方學者堪第一，江左聞名遍百津。禮聘漁山宣道業，薰風靡靡毓芳春。

註：許瀚，字印林，山東日照人。師承王念孫父子，精樸學、校勘、金石、方志及書法。龔自珍〈己亥雜詩〉稱讚許瀚「北方學者君第一」。道光時中舉，官嶧縣教諭，曾受薦舉任教漁山書院。

陳澧

陳澧高才出番禺，廣興庠教任先驅。菊坡精舍培後進，道統宏開邁前儒。
訓詁聲音切韻考，天文測算地形圖。名聞東塾讀書記，學博思淵德藝俱。

註：陳澧，字蘭甫、蘭浦，號東塾，世稱東塾先生，廣東番禺人。清世名學者，對天文、地理、樂律、算術、古文、駢文、詩詞、書法皆精善，著述達百餘種，名作有《東塾讀書記》、《漢儒通義》、《聲律通考》、《切韻考》等。

俞樾

樸學大師俞蔭甫，詩文篆隸道宏淵。古書精讀釋疑例，公案重編俠義傳。
鶼鰈情深雙齒塚，曲園家訓四百年。茶香室有群經說，論究春秋兼注箋。

註：俞樾，字蔭甫，自號曲園居士，浙江德清縣人。經學、訓詁學、戲曲、詩詞、小說、書法等皆精，編

修《三俠五義》，著有《群經平議》、《諸子平議》、《茶香室經說》、《古書疑義舉例》等。俞氏著有〈雙齒塚志銘〉、〈雙齒塚詩〉記述其夫妻情義事宜。生平事跡詳見《清史稿》本傳。

劉鶚

學本宗師周太谷，鴻都百鍊亦精醫。老殘遊記諷時世，考古拾遺據鼎彝。
石鼓刻碑兼甲骨，鐵雲集著并藏龜。收珍保舊重民養，水利修渠大有爲。

註：劉鶚，字鐵雲，號老殘，署名「鴻都百鍊生」。曾到揚州從太谷學派周太谷弟子李光炘修習。精考據學、文字學、醫學、算術、水利工程、文學等。著有《老殘遊記》、《鐵雲藏龜》、《歷代黃河變遷圖考》、《鐵雲詩存》等。

章太炎

回眞向俗大宗師，中外古今學博知。六藝經書通考證，百家子史導深思。
東西義理兼爲用，國故論衡萬世垂。氣正乾坤無怯畏，弘揚道統力堅持。

註：章太炎，字枚叔，後易名為炳麟，浙江餘杭人。家學深厚，少於杭州詁經精舍，從俞樾、譚獻學習。經學、哲學、文學、文字、音韻，均有湛深造詣。具代表性著作有《文始》、《新方言》、《國故論衡》等。章氏於《菿漢微言》自述其學術歷程，以「始則轉俗成真，終則回真向俗」作歸結。

王國維

海寧奇傑王觀堂，博識研修自創門。戲曲辭章展新論，考稽金石更高尊。
人間詞話說三境，文學小言倡二原。鬱結難堪投水逝，靜安埋恨西柳村。

註：王國維，字靜安，晚號觀堂，浙江海寧人。學問自闢門戶，精哲學、文學、戲曲、史學、考古、金石

等，創論宏多。《文學小言》有「景」、「情」為文學二原質之說，有云「古今之成大事業大學問者，不可不歷三種之階級」，述引與《人間詞話》一致，只是「階級」與「境界」兩詞有異。名作有《紅樓夢評論》、《宋元戲曲考》、《人間詞話》、《觀堂集林》等。首句「堂」字平聲陽韻，與本詩元韻不同部。

乙篇

夷齊

先君孤竹兩王子，商末伯夷與叔齊。辟紂居濱原姓墨，懷忠殷地首陽栖。
當仁義不食周粟，止暴諫爰扣馬嘶。守節採薇寧餓死，名垂百世譽清兮。

註：《史記・伯夷列傳》：「武王已平殷亂，天下宗周，而伯夷、叔齊恥之，義不食周粟，隱於首陽山，採薇而食之……遂餓死於首陽山。」《論語・公冶長》：「伯夷叔齊不念舊惡，怨是用希。」北宋・邢昺疏引《春秋少陽篇》：「伯夷姓墨」。「辟紂居濱」，見《孟子・離婁上》。

墨翟

春秋亂世命如菅，墨子拯民出險關。量腹度身倡節儉，非攻議戰歷辛艱。

摩顛放踵利天下，解帶護城抗魯班。兼愛尚賢輕禮葬，德高堪比萬重山。

註：墨子，名翟，戰國宋國人。《史記・孟子荀卿列傳》云：「蓋墨翟宋之大夫，善守禦，為節用，或曰並孔子時，或曰在其後。」《漢書・藝文志》錄《墨子》有七十一篇，云：「（墨子）名翟，為宋大夫，在孔子後。」原作散佚，清《四庫全書》收有《墨子》五十三篇。

鬼谷子

鬼谷先生居鬼谷，東周故事有傳疑。陰符七術寓神氣，無字天書更詭奇。史記蘇張承後學，縱横説論繼先師。殘篇抄卷捭闔策，四庫雜家類錄之。

註：唐・司馬貞《史記索隱》卷十八：「按鬼谷，地名也，扶風、池陽、潁川、陽城並有鬼谷墟，蓋是其人所居，因為號。」《史記・蘇秦、張儀列傳》：「蘇秦者，東周洛陽人也。東事師子齊，而習之於鬼谷先生。」鬼谷子著有《本經陰符七術》、《捭闔策》，後者見收於清《四庫全書》子部雜家類。民間所説鬼谷子事，多採自通俗文學《東周列國志》。

扁鵲

扁鵲世家本姓姬，周遊諸國號盧醫。聽聲辨色能知病，趙婦秦兒皆治之。
問切望聞爲診法，循經按穴灸針施。換心療術驚今古，起死回生確神奇。

註：扁鵲，姬姓，春秋戰國時人。《史記．扁鵲列傳》：「（秦越人）為醫或在齊，或在趙，在趙者名扁鵲。」唐．張守節《史記正義》：「〈黄帝八十一難序〉云：『秦越人與軒轅時扁鵲相類，仍號之為扁鵲。又家於盧國，因命之曰盧醫也。』」

神醫

華佗董奉張仲景，三大神醫出建安。刮骨療傷清箭毒，施針麻醉將瘤剜。
昇元太乙救生眾，春暖杏林精煉丹。理法藥方爲四鑑，陰陽辨證解諸難。

註：華佗，字元化，沛國譙縣人。董奉，字君異，號拔墘，又號杏林，侯官董墘村人。張仲景，名機，

南陽涅陽人。三人同是漢末人，並稱當世，有謂「建安三神醫」。《後漢書》、《三國志》、《晉書》、《神仙傳》等，有記其人其事。

李延年

西漢中山有俊賢，故倡佞幸李延年。傾城傾國佳人曲，善舞善歌女弟嫣。
制訂新聲廿八解，酌量舊譜大修編。精通協律爲都尉，樂韻興邦振管弦。

註：《漢書・佞幸傳》：「李延年，中山人，身及父母兄弟皆故倡也。」《漢書・外戚傳》：「初，夫人兄延年性知音，善歌舞，武帝愛之。每為新聲變曲，聞者莫不感動。延年侍上起舞，歌曰：『北方有佳人，絕世而獨立，一顧傾人城，再顧傾人國。寧不知傾城與傾國，佳人難再得！』上嘆息曰：『善！世豈有此人乎？』平陽主因言延年有女弟，上乃召見之，實妙麗善舞。」有關人事見《史記》〈孝武本紀〉、〈外戚世家〉、〈佞臣列傳〉。宋・郭茂倩《樂府詩集》引唐・吳兢《樂府解題》云：「漢橫吹曲共二十八解，李延年造。」

桓景

桓景世家東漢延，尋師學藝遇神仙。菊花釀酒茱萸葉，寶劍護身砥礪研。避禍登高九月九，長房法道天外天。瘟魔除去挽民命，功德無涯千萬年。

註：桓景，東漢汝南人，其事出於梁朝．吳均《續齊諧記》。北宋．李昉等撰《太平御覽》卷三二「九月九日」引《續齊諧記》：「汝南桓景隨費長房遊學累年，長房謂之曰：『九月九日，汝家當有災厄。宜急去，令家人各作絳囊，盛茱萸以系臂，登高飲菊花酒，此禍可消。』景如言，舉家登山。夕還，見雞、犬、牛、羊一時暴死。長房聞之，曰：『此可以代矣。』今世人每至九月九日，登高飲酒，婦人帶茱萸囊，因此也。」

馬鈞

扶風寶地出奇人，馬氏德衡才百鈞。口屈難言遭哂責，學豐博士竟居貧。

綾機連弩重修建，水轉翻車大革新。巧技精工傳後世，發明貢獻勝儕倫。

註：馬鈞，字德衡，三國扶風人。曾發明水轉百戲，改進絲綾機、諸葛弩、龍骨水車、投石機、指南車等器械。馬鈞不善與人爭辯，注重科學技巧之研究，有關事跡《三國志．杜夔傳》裴注有詳述。裴注引傅玄序言，謂馬鈞「為博士居貧，乃思稜機之變」。稜，通綾。

祖逖

輕財好俠恤民情，九世孝廉宦營。策馬著鞭先士卒，聞雞起舞練精兵。

中流擊楫傷悲切，北伐揮軍復帝京。可恨妖星來索命，英雄抱憾未功成。

註：祖逖，字士稚，范陽郡遒縣人。《晉書．祖逖傳》：「與司空劉琨俱為司州主簿，情好綢繆，共被同寢。中夜聞荒雞鳴，蹴琨覺曰：『此非惡聲也。』因起舞。」《世說新語》、《舊唐書》、《兩晉演義》、《資治通鑑》等有記載祖逖事蹟。

車胤

碩儒先祖世爲官，車胤逢時際遇難。年幼家貧無飽食，囊螢苦讀耐清寒。奏明實事參司馬，侍講經書同謝安。剛直襟懷遭逼脅，堅心一死露權奸。

註：車胤，東晉南平郡人，為人耿直，辦事公允，不畏強權。有關車氏之人與事，《晉書》本傳有詳述。劉義慶《世說新語》亦有記述車胤事。

祖沖之

劉宋丹陽有傑奇，精研科學祖沖之。德承先世奉朝請，論撰安邊校尉司。欹器算籌新定律，天文曆法建通規。船行千里堪佳創，綴術諸篇百代彝。

註：祖沖之，字文遠，生於丹陽郡，籍貫范陽，南北朝數學家、天文學家、訓詁家。重要論著有〈安邊論〉、〈述異記〉、〈綴述〉、《大明曆》、《易老莊義釋》等。

孫思邈

通曉百家好老莊，孫醫療術大興揚。懸絲診脈創新法，穴灸針劑稱藥王。
辨症精研三十卷，留傳瑰寶千金方。修編重整傷寒論，德譽廣聞自李唐。

註：孫思邈，京兆華原人，唐初醫學名家，《舊唐書》有傳，記述其事。著有《千金要方》、《千金翼方》、《明堂針灸圖》、《丹經內伏硫黃法》等。對張仲景《傷寒論》有重要整理。《舊唐書》本傳及《耀州志》謂孫氏曾注《老子》及《莊子》。

歐陽詢

太常博士歐陽詢，唐代遷官更令臣。運筆獨門書有法，楷行飛白世無倫。
九成宮體典千載，八訣精深力萬鈞。聲譽遠傳高麗國，醴泉銘帖最殊珍。

註：歐陽詢，字信本，潭州臨湘縣人。隋末唐初大臣、書法名家。八體書法皆精，代表作有〈九成宮體醴

泉銘〉、〈皇甫誕碑〉、〈行書千字文〉、〈化度寺邑禪師舍利塔銘〉等。對書法有精論，如〈八訣〉、〈用筆論〉、〈三十六法〉等皆聞名千秋。

魏徵

雄才博識勝公卿，唐世曲陽大傑英。不克疏言感帝主，群書治要振名聲。
明君納諫應兼聽，鑒鏡整修昭實情。輔政興文安社稷，功高無比魏玄成。

註：魏徵，字玄成，曲陽縣人，唐代傑出政治家、文史學家。魏徵對李世民規諫甚多，「兼聽則明，偏信則闇」是名句，〈十漸不克終疏〉亦聞名千古，影響重大。所參與修撰之《群書治要》、《隋書》序論、《貞觀政要》等，皆不朽名作。

程咬金

程氏咬金出東阿，義貞耿直不偏頗。一揮馬槊戰玄武，三斧奇兵奏凱歌。
驃騎遠征西突厥，晉州修治岳陽河。像圖長在凌煙閣，光耀千秋勳業多。

註：程咬金，史書為程知節，字義貞，濟州東阿人。玄武門有功，圖像存於凌煙閣，贈驃騎大將軍、益州大都督。《舊唐書》有傳，《資治通鑑》有記其事。修岳陽河事為民間傳說，或云《晉州方志》有記，待考。程氏「三板斧」事，見《隋唐演義》、《說唐演義全書》。

一行

釋者一行學問淵，宗兼異派合融圓。闡修密教日經疏，水運渾天首發研。
黃道遊儀考七曜，開玄大衍曆千年。製成存置集賢院，百世隆興德永延。

註：一行，佛法名號，本名張遂，唐魏州昌樂人。專精佛學及天文曆法，曾製黃道遊儀及水運渾象（又稱

「水運渾天」），又參考古曆法撰《開元大衍曆》。佛經譯註，以《大日經疏》較聞名。有關人事詳見《舊唐書》、《太平廣記》。

公孫大娘

奇人奇技出李唐，女傑公孫稱大娘。老杜賦詩譽無匹，神乎劍器懾四方。

如龍狂舞驚天地，似海翻騰沖斗罡。渾脱西河均絕妙，畫書聖手亦韜光。

註：公孫大娘，郾城北街人，唐開元時宮廷善舞劍器者，曾創多種〈劍器〉舞，有〈西河劍器〉、〈劍器渾脫〉等。杜甫有詩述讚，題為〈觀公孫大娘弟子舞劍器行〉，據史籍記載，草聖張旭及畫聖吳道子曾受其技藝啟發用筆之道。

吳道子

唐吳道子志高孤，浪跡天涯甘苦趨。遍訪名師研藝法，覽觀劍舞悟描摹。
千秋飮譽神仙卷，十指瓊篇鍾馗圖。聖絕大同殿壁畫，五龍飛動入霄衢。

註：吳道子，唐朝陽翟人。任兗州瑕丘縣尉，後辭官專心畫畫。曾隨張旭、賀知章學書法，觀賞公孫大娘舞劍悟筆法。擅畫佛道、神鬼、山水、草木等題材，曾應玄宗詔繪大同殿壁畫，有「畫聖」之美譽。名作有〈送子天王圖〉、〈八十七神仙卷〉、〈十指鍾馗圖〉、〈地獄變相圖〉等。

張旭

風華世系季明延，家學博通文藝淵。筆法奇狂稱草聖，頭濡墨翰號張顚。
詩書劍詔爲三絕，飮酒歌中醉八仙。出鬼入神肚痛帖，千秋崇譽及雲天。

註：張旭，字伯高，一字季明，蘇州吳縣人，唐書法家。善楷草，有詩文存世。《太平廣記・卷二百八・

書三》：「（張旭）飲醉輒草書，揮筆大叫。以頭揾水墨中而書之，天下呼為張顛。」杜甫〈飲中八仙歌〉：「張旭三杯草聖傳，脫帽露頂王公前，揮毫落紙如雲煙。」《新唐書》本傳：「文宗時，詔以白歌詩、裴旻劍舞、張旭草書為『三絕』。」明．王世貞跋〈肚痛帖〉：「張長史《肚痛帖》及《千字文》數行，出鬼入神，倘恍不可測。」

懷素

懷素醉僧俗姓錢，潛心書法藝精研。家貧伐樹葉爲紙，筆力功深漆板穿。

李白詩歌稱獨步，東坡題跋道周全。眞仙飄逸揮狂草，字似乘風舞九天。

註：懷素，唐代僧人，字藏真，永州零陵人。俗姓錢，大曆十才子錢起親侄。畢生好酒，有醉僧之稱。李白〈草書歌行〉稱許云：「少年上人號懷素，草書天下稱獨步。」蘇軾有〈懷素自敘帖題跋〉亦稱許之。宋人岑宗旦《書評》：「懷素閒逸，故翩翩如真仙。」

柳公權

侍講詩文盛唐時，研修書道聲譽馳。諸家融匯鐘樓銘，楷筆功深柳法規。
雙絕軍碑玄祕塔，兩行梨帖世稀奇。飛昇高壽八十八，德藝芬芳封太師。

註：柳公權，字誠懸，京兆華原人。歷任唐穆宗、敬宗、文宗三朝侍書。精楷書，善詩文。〈回元觀鐘樓銘〉乃集前代諸家書法大成名作。楷書碑帖以〈神策軍碑帖〉、〈玄祕塔碑〉為典範。另有行楷〈送梨帖〉兩行真跡存世。卒時八十八歲，追封為太師。《舊唐書》、《新唐書》皆有傳。

畢昇

北宋畢昇雕技專，發明偉大邁賢先。藝精思慎求新創，火煬陶堅冶鑄研。
活字膠泥印刷術，夢溪筆錄述談焉。功成可惜未親見，遺世千秋德業傳。

註：畢昇，北宋人湖北蘄州人。生平事跡，史書少有提及，有待詳考。發明活字印刷術，沈括《夢溪筆

談》有記載，詳見卷十八〈技藝〉。

宗澤

資兼文武宋宗澤，忠耿竟遭置末科。抒鬱待時古楠賦，衛疆保國礪兵戈。
統軍百萬抗金虜，垂死三呼誓過河。拔薦岳飛爲將帥，英雄繼志奏凱歌。

註：宗澤，字汝霖，婺州義烏人，南宋名將。謚號忠簡，有詩文傳世，見《宗忠簡公集》。有關人事，詳見《宋史》本傳。

虞允文

大唐嗣後宋名臣，將相雄才虞允文。據險揮兵屯采石，督師戮戰敗金人。
誠從九事厲更革，重整四川軍政新。力挽狂瀾於亂世，高功屢建歷艱辛。

註：虞允文，字彬父，隆州仁壽縣人。南宋名臣，唐朝虞世南後人。於採石磯大破金兵南侵，後出任四川宣撫使、知樞密院事，擢升右丞相。虞允文依詔誡九事，詳見《宋史》本傳。

方孝孺

德性崇高方孝孺，緱城故里授經書。總裁類要輔朝政，遜志齋傳正學廬。
保國籌謀存氣節，行文豪邁不狂疏。凜然議諫終招恨，十族株連被殺屠。

註：方孝孺，字希直，號遜志，浙江寧海縣人。齋名遜志齋，世稱正學先生。因其故里舊屬緱城，又稱緱城先生。著作豐富，撰有《周禮考次》、《大易枝辭》、《宋史要言》、《文統》等。

李時珍

四大名醫居殿軍，明朝蘄地李時珍。奇經八脈通氣血，五臟三焦辨證伸。

本草尋源分綱目，古方彙集論偏眞。瀕湖絕學傳千載，百世薰芳惠萬民。

註：李時珍，字東璧，號瀕湖山人，湖北蘄州人，與扁鵲、華佗和張仲景並稱四大名醫。《本草綱目》是代表名作，飲譽千載。首句「軍」字平聲文韻，與本詩真韻不同部。

董其昌

明代翰林文藝揚，香光居士董其昌。以禪論畫宗南北，擬晉摹唐成己方。萬卷詩書行萬里，四家同列導四王。風流蘊藉心儒雅，妙墨構圖具法章。

註：董其昌，字玄宰，號思白、香光居士，華亭人，明朝任官至禮部尚書。以佛家禪宗喻畫，倡「南北宗」論，主張繪畫應有「讀萬卷書，行萬里路」之涵養。書法好臨摹鍾繇、王羲之兩家字帖，以小楷及草書聞名於世。與刑侗、米萬鍾、張瑞圖並稱「明末四大家」，其書畫風格對清代「四王」（王時敏、王鑑、王翬、王原祁），有深遠影響。

徐光啓

爲政清廉信仰崇，聖名保祿漢儒風。幾何原本譯西學，徐氏庖言論戰戎。
抱恙回京殲滿賊，紅夷大炮鎮遼宮。堅忠輔弼勢難挽，氣運衰頹命任終。

註：徐光啟，字子先，號玄扈，聖名保祿，上海縣人。與利瑪竇合作漢譯古希臘數學家歐幾里得《幾何原本》，對中國科學發展有重大影響。精通西方天文、曆法、數學、測量、水利等技術及理論。著作豐富，有《徐氏庖言》、《崇禎曆書》、《農政全書》、《火攻要略》等。

年羹堯

漢將世家旗下臣，科名三甲雍皇親。統軍征討平邊患，輔主登基拓土畛。
年選雄兵驚天子，功高霸氣掩北辰。驍橫招罪九十二，厄禍臨頭遭殺身。

註：年氏祖宗曾仕明朝，世代有名。康熙時，年羹堯連捷三甲進士，後為翰林庶吉士。生平詳見《清史稿》。

曾國藩

毅勇扶清曾國藩，詩文學問博而繁。十年七上官二品，一等甲科侍三元。
血戰湘潭平寇亂，高功受賞戴翎尊。千秋道統宗儒訓，經史百家雜輯存。

註：曾國藩，字伯涵，號滌生，諡號文正。與左宗棠、張之洞、李鴻章並稱「晚清中興四大名臣」。著有《求闕齋文集》、《家訓》、《經史百家雜鈔》、《十八家詩鈔》等。

王貞儀

安徽原籍居江寧，飽覽群書女傑英。巾幗雄姿威漠北，中西科學論持平。
精修勾股三角解，深究天文辯經星。風德亭詩辭婉麗，意眞溫雅訴衷情。

註：王貞儀，字德卿，安徽人，清世名女科學家。家學淵深，少隨父王錫琛出塞省視，曾從夷族習騎射。

精天文、星象、歷算及醫學。又精中西籌算法，著有〈勾股三角解〉、〈籌算易知〉等名篇。天文曆法著有〈歲差日至辯疑〉、〈經星辯〉等。文學有《德風亭詩鈔》及《德風亭集》。

華秋萍

史載琵琶出秦漢，絃絲推引抱微斜。奇才伯雅精音律，樂韻宏通藝滿賒。
兩派融和訂指法，六篇大曲譜工尺。南聲北調相兼合，華氏秋萍功富奢。

註：漢人劉熙《釋名．釋樂器》云：「批把本出於胡中，馬上所鼓也。推手前曰批，引手卻曰把，象其鼓時，因以為名也。」華秋萍，名文彬，字伯雅，江蘇無錫人。精於琵琶，擅演奏兼唱昆曲，醫學、詩詞、書畫、篆刻皆通曉。撰《南北二派祕本琵琶譜真傳》影響深遠，該譜收南北琵琶小曲六十二首，大曲六部（〈海青〉、〈將軍令〉、〈十面埋伏〉、〈霸王卸甲〉、〈月兒高〉、〈普庵咒〉），以工尺譜錄寫，創訂完整指法符號。尺，粵音耆，平聲韻。

劉永福

廣東豪傑劉永福，保衛邦家譽廣聞。力抗西侵紅毛鬼，撐扶中土黑旗軍。
安平大砲轟倭艦，統領民團戰寇群。及老還鄉身便死，惠城湖畔有碑墳。

註：劉永福，字淵亭，廣東欽州人，有謂廣西人氏。清末民初軍政人物，所統黑旗軍曾建重大戰功。晚年歸隱鄉閭，死後葬於惠州城內西湖畔。

吳昌碩

浙江名俊吳昌碩，百藝精研清世聞。翰筆功深勁沉厚，摹描墨飽力千斤。
封坭陶瓦古璽印，樸茂雄奇石鼓文。學博才高多新創，缶廬成就最繽紛。

註：吳昌碩，初名俊，又名俊卿，又署倉石、蒼石，別號倉碩、老蒼、老缶、缶道人、石尊者等，浙江孝

豐縣人。清末著名藝術家，詩、書、畫、印皆精擅。專著有《吳昌碩畫集》、《吳蒼石印譜》、《缶廬印存》、《缶廬集》等。

丙篇

任氏傳

鄭六新昌會韋兄，北門歸遇白衣卿。同行道路相眩誘，鍾愛郎君笑語迎。
與友交深心不亂，徇人以死義堅貞。馬嵬犬逐狐妖殞，任氏傳奇最悲情。

註：〈任氏傳〉唐人沈既濟所撰，載於《太平廣記》卷四百五十二。講述人與狐精相戀故事。唐傳奇人物故事，前作《望雲窗詩稿》已有撰述，今置新作四首於此。

白猿傳

唐有傳奇說白猿，或云諷醜造文宣。妖猴作惡逞淫慾，妻子遭姦待拯援。
別將與民謀妙策，趁機揮刃殺猢猻。題材怪異精描繪，戲曲重編在宋元。

註：〈白猿傳〉，〈補江總白猿傳〉簡稱，此亦唐人傳奇名篇，收於《太平廣記》卷四百四十四。作者佚名。有謂故事影射唐人歐陽詢之樣相似猿猴。

聶隱娘

太平廣記有裴鉶，編撰傳奇聶隱娘。精練神功通道術，高超劍法刺強梁。

一心護主重情義，半夜殲魔殺妖猖。智勇雙全唐女俠，不貪功賞意堅剛。

註：〈聶隱娘〉，唐人裴鉶所著。此篇收錄於宋人李昉編撰之《太平廣記》，詳見卷一百九十四之〈豪俠二〉。宋元·羅燁《醉翁談錄》收有宋人話本篇目，其中有「西山聶隱娘」，此或編自裴氏原作。首句「鉶」字平聲庚韻，與本詩陽韻不同部。

古鏡記

唐有傳奇古鏡記，或云王度自編成。白光閃出破邪氣，妖物沈消即遁形。是幻是神無可考，斯人斯事亦難評。異聞祕詭傳瀛海，風靡扶桑說怪靈。

註：唐・顧況〈戴氏廣異記序〉稱〈古鏡記〉王度所作。《太平廣記》卷二百三十有收。清・汪辟疆《唐人小說》云：「古今小說紀鏡異者，止為大觀矣，其事有無，始勿論，即觀其侈陳靈異，砟首詼詭，後人模擬，汗流莫及，上承六朝志怪之餘風，下開有唐藻麗之新體，洵唐人小說之開山也。」

貂蟬

王允連環計，貂蟬侍太師。奉先心蠢動，色誘更迷癡。父子失情義，淫奸起殺機。馬前遭戟戮，樓上縛殲之。兩惡皆除去，美人身退時。或云回故里，歸隱於米脂。

註：貂蟬，見於民間文學，正史無傳。元・無名氏雜劇〈錦雲堂美女連環計〉、元刊《三國志平話》有

「王允用計誅董卓」情節，明・羅貫中《三國志通俗演義》卷二有「司徒王允說貂蟬」、「鳳儀亭布戲貂蟬」條目及故事。古文獻引《漢書通志》：「曹操未得志，先誘董卓，進刁蟬以惑其君。」可見「貂蟬」亦作「刁蟬」。據此則進刁蟬者並非王允。民間傳說臨洮、忻州（木芝村）、米脂等地或是貂蟬故里，待考。《三國》人物故事，前作《望雲窗詩稿》已有撰述，今置新作於此。

糜夫人

琅琊大氏族，兄妹摯情珍。送嫁千奴婢，妝奩滿金銀。當陽烽火起，長坂各逃奔。
拚命保阿斗，荒墟遇趙雲。將軍護兩主，步戰則成仁。爲保劉皇嗣，寧投井捨身。
犧牲存德義，昭烈糜夫人。

註：糜夫人乃糜竺親妹，糜氏出嫁劉備事，見陳壽《三國志》〈糜竺傳〉。《三國演義》第四十一回有寫關於糜夫人殺身成仁事。「雲」為文韻，粵音與真韻通，今借用。

陳登

下邳大傑士，東漢陳元龍。肝膽滿豪氣，深沉志壯雄。圍城破呂布，獻計助曹公。
柴草惑吳卒，火燒制敵攻。伏波扶老弱，校尉濟民窮。可惜命遭劫，英年抱病終。

註：陳登，字元龍，下邳淮浦人。曾任典農校尉，奉使赴許都向曹操獻策滅呂布，後因功授伏波將軍。《三國志．魏書．呂布傳》裴注引〈先賢行狀〉：「登忠亮高爽，沈深有大略，少有扶世濟民之志。博覽載籍，雅有文藝，舊典文章，莫不貫綜。年二十五，舉孝廉，除東陽長，養耆育孤，視民如傷。」陳登之事，詳見陳壽《三國志》，《三國演義》亦有描述其事蹟。

于禁

猛將于文則，英風世代聞。兗州破呂布，平虜討黃巾。在亂能修整，守堅安治群。
土山勵士氣，表拜虎威軍。勝敗皆天意，雨災水淹紛。被俘慘受辱，忠義直干雲。

最痛畫來諷，難堪心火焚。

註：于禁，字文則，泰山郡鉅平縣人，曹魏名將。《三國志》有傳，裴注亦有記述，羅貫中《三國演義》多添藝術筆彩。

禰衡

東漢末禰生，銳思世廣聞。名篇鸚鵡賦，哀弔張衡文。剛直好言辯，躁狂傲視群。不甘爲鼓吏，赤裸罵曹君。口舌招身死，英年入墓墳。

註：禰衡，字正平，平原郡般縣人。精文學辭賦，以〈鸚鵡賦〉、〈弔張衡文〉聞名。禰衡於《三國演義》二十三回出場，〈打鼓罵曹〉為民間戲曲文學情節。首句「生」字平聲庚韻，與本詩文韻不同部。

徐晃

三國有徐晃，猛如周亞夫。洛陽保帝主，護駕顛危扶。戮戰遍西北，股肱弼許都。
南征殺敵陣，大斧將豺屠。七里迎歸返，功勳溢鼎壺。

註：徐晃，字公明，河東郡楊縣人，三國曹魏名將。《三國志》有傳，受封為都亭侯。摩陂一戰凱旋而歸，曹操出營七里迎接。於《三國演義》第十三回登場，羅氏寫法頗見正面形象。

張遼

漢末張文遠，雄韜謀策精。高才難受用，棄暗投曹營。觀陣能知變，揮軍拔寨旌。
合肥八百士，破敵十萬兵。忠厚重情義，公私兩分明。止啼霸氣盛，威懾楚吳城。
青史將侯傳，子孫留有名。

註：張遼，字文遠，并州雁門郡人。三國曹魏將軍，謚號剛侯。《三國志》有傳。《三國演義》第五十三

及六十七回，以張遼名為回目，足見角色頗為重要。

甘寧

猛將有甘寧，錦衣佩響鈴。抗曹戰赤壁，重義報恩情。智勇攻堅壘，攀牆破皖城。揮兵鬥關羽，功大振家聲。後世建祠廟，神鴉香火靈。

註：甘寧，字興霸，巴郡臨江人，三國孫吳大將。《三國志》有傳，謂其「少有氣力，好遊俠，招合輕薄少年，為之渠帥。群聚相隨，挾持弓弩，負毦帶鈴，民聞鈴聲，即知是寧」。《三國演義》與陳壽所說相近，甘寧於三十八回登場。

丁奉

吳大將丁奉，虎臣武略精。堅忠不畏死，神勇守東興。踏雪披輕甲，逆風用短兵。

壽春解困厄，殺敵奪高亭。肱股弼王業，千秋譽鏑鳴。

註：丁奉，字承淵，揚州廬江人，東吳大將，《三國志》有傳，謂其「使兵解鎧著冑，持短兵」，大敗魏兵。《三國演義》描述丁奉在赤壁之戰中，與徐盛一起帶兵迎敵，頗多戰功。

馬岱

漢北平將軍，功勳偉業興。早年曾避難，隱姓又埋名。千里尋兄長，巧逢對陣形。馬家傳祕技，金抓飛鏗鳴。出手兩相認，團圓骨肉情。事詳見縣志，戲曲有編成。

註：馬岱，扶風茂陵人。蜀漢名將馬超從弟，官至平北將軍，封陳倉侯。其人其事，《扶風縣鄉土志》、《山西通志》有錄。民間戲曲大平調、豫劇有〈收馬岱〉，此劇又名〈對金抓〉，寫馬岱幼年與兄失散及後相認之情節。首句「軍」字平聲文韻，與本詩庚韻不同部。

馬良

馬氏有五常，白眉最賢良。楚荊任士令，輔蜀振邦疆。審事英明斷，揚威漢德彰。
籌謀同諸葛，招撫五溪羌。制訂東吳策，豫州高智囊。夷陵兵敗陣，戰亂中身亡。

註：馬良，字季常，襄陽宜城人。有兄弟五人，皆有才華，馬良最出色。其眉有白毛，故有「馬氏五常，白眉最良」之讚譽。《三國志》有傳，《三國演義》亦有闡述其事蹟。

魏延

魏延蜀大將，孤傲志豪雄。善鬥力剛猛，領軍鎮漢中。氣吞十萬卒，先主列侯封。
大破陽溪寨，獻謀子午攻。祈山助諸葛，北伐任先鋒。兵敗遭誣反，被誅功業空。

註：魏延，字文長，義陽人。有戰功，為牙門將軍。參與北伐，封都亭侯。諸葛亮死後，與大將楊儀不和，以謀反罪被殺。《三國志》、《魏略》、《漢晉春秋》、《三國演義》均有記述其事。

馬謖

馬謖有才器，堅心立功名。好研妙計策，高論使奇兵。暗駐南山上，候奸劫寨城。
豈知敵突襲，敗陣失街亭。諸葛痛揮淚，幼常受法刑。英雄不遂志，身死業難成。

註：馬謖，字幼常，襄陽宜城人，馬良之弟。任綿竹縣令、成都縣令等職。因失街亭而與張休、李盛等將領同受罪而死。《三國志》、《資治通鑒》及《三國演義》皆有記述其事。

司馬懿

京兆尹司馬，漢家世代臣。多謀兼足智，仲達侍四君。狼顧恐埋伏，狐疑忌擾紛。
空城不進卒，斜谷急撤軍。能忍亦能退，伺機解拆分。料生難料死，預事勝儕群。
三國終歸晉，葬身避樹墳。功高延嗣後，勳業重千鈞。

註：司馬防為漢京兆尹，有八子，時稱司馬八達。司馬懿，為次子，字仲達。曾隨曹操、曹丕、曹叡、曹

芳四主謀事。有關人事活動，《三國志》、《晉書》及《三國演義》皆有記述。

宋江

水滸英雄稱第一，允文允武天魁星。重情重義及時雨，有勇有謀宋公明。
雙劍縱横志四海，三征惡賊統千兵。爲人忠孝好仁義，兄弟同心保太平。

註：宋江，字公明，綽號「及時雨」。梁山泊義軍之首，天罡地煞排名第一位，天魁星下凡。《水滸》人物故事，前作《望雲窗詩稿》已有撰述，今將新作置於此。

三阮

漁民小將親弟兄，水滸英雄阮家兵。短命閻羅地太歲，下凡救世耀三星。
濟貧劫富行天道，智取辰綱眾志成。落草梁山揚正義，東平遺址有留名。

註：水滸聚義有阮氏三雄，本是濟州府石碣村漁民。阮小二綽號「立地太歲」，為天劍星下凡。阮小五「短命二郎」，天罪星。阮小七「活閻羅」，天敗星。石碣村位於山東東平縣，有謂此乃阮氏之故里。兄、兵，粵音韻同。

張順

梁山聚義有張順，泳術超凡世罕奇。浪裏白條施絕藝，江州渡霸鬥李逵。
漁牙軍領征方臘，天損魁星拔敵旗。勇救押司擒惡賊，金華神將戰功熙。

註：張順，江州人氏，船火兒張橫親弟，精通水性，綽號「浪裏白條」，與李逵並稱「黑白水陸雙煞」。

梁山聚義，排第三十位，上應天損星，職司水軍頭領，後封金華將軍。

李逵

天蓬惡煞黑旋風，戇直李逵心孝忠。報母深仇殲四虎，法場強劫救雙雄。

疏財仗義眞豪傑，揮斧征遼任先鋒。兄弟同生甘共死，九泉之下再相逢。

註：李逵，沂州百丈村人，綽號「黑旋風」，又稱鐵牛，擅使兩大板斧。梁山聚義，排第二十二位，為梁山第五位步軍頭領，上應天殺星。

韓滔

地威星宿照十方，水滸韓滔志堅剛。大破混天太乙陣，一條棗槊鬥雙槍。

九宮八卦鎮坎北，百勝將封義節郎。受任征遼殲田虎，常州死戰保邦疆。

註：韓滔，東京人氏，原為陳州團練使，善使棗木槊，綽號「百勝將」。曾於東平府與雙槍將董平劇鬥。梁山一百零八將之一，排第四十二位，上應地威星，馬軍小彪將兼遠探出哨頭領。戰死常州後封義節

郎。

徐寧

水滸英雄有徐寧，家傳武藝教禁兵。鉤鐮鎗法堪無敵，獨步江湖震帝京。
大破呼延連環馬，遠征方臘拔旗旌。杭州勇戰中流矢，壯志未酬天佑星。

註：徐寧，東京人氏，禁軍金槍班教習，善用鉤鐮槍，綽號「金槍手」。梁山聚義，排位第十八，上應天佑星，馬軍八驃騎兼先鋒使第二位。

索超

索超渾號急先鋒，聚義梁山氣貫虹。威震三軍金蘸斧，昂藏七尺挾雕弓。
長城嶺陣迎萬箭，殺敵遭殲恨無功。享讚千秋提轄使，武郎忠勇策勳豐。

註：索超，河北人氏，本是大名府留守司正牌軍，受任提轄使。梁山結義排名第十九，馬軍八驃騎兼先鋒使之一，上應天空星。擅使金蘸斧，因性急，人稱「急先鋒」，封忠武郎。俞萬春《蕩寇志》寫索超被引入長城嶺，遭伏兵萬箭射殺。

柴進

疏財仗義小旋風，柴大官人重英雄。置酒府堂酬武二，滄州親送護林沖。
丹書鐵券御皇賜，北伐南征享戰功。駙馬受封憂譖害，辭官歸退絕行蹤。

註：柴進，滄州人，後周皇族後裔，人稱柴大官人，綽號「小旋風」。梁山聚義排名第十，上應天貴星。遠征方臘，任橫海軍滄州都統制，後辭官回鄉。

史進

華陰史進好武功，聚義梁山寨城中。座列先鋒八虎將，一身雕翠九紋龍。
千錘百煉眞本領，兩刃三尖疾如風。昱嶺關前迎箭雨，英雄殉死節高崇。

註：史進，史家村史太公之子，酷愛武藝，曾拜東京八十萬禁軍教頭王進為師，擅使三尖兩刃刀，身上紋有九條青龍，綽號「九紋龍」。梁山馬軍八虎騎兼先鋒使第七名，上應天微星。

呂方

水滸英雄有呂方，溫侯裝束勢輝煌。赤衣鎧甲騎龍馬，金頂花袍繡虎狼。
地佐星威戰郭盛，天生神武並關張。一雙畫戟互纏殺，紅白兩軍鬥志昂。

註：呂方，綽號「小溫侯」。《水滸傳》第三十五回出場，與郭盛大軍鬥陣，兩方一紅一白裝束，呂郭同用畫戟比武。同降於宋江，出征討方臘。梁山一百零八將之一，上應地佐星，職司守護中軍馬驍將。

公孫勝

公孫勝號入雲龍，水滸傳中大傑雄。八卦陣圖殲敵將，七星聚義建奇功。
五雷正法破妖術，太乙混天盡掃空。遇汴而還行善道，二仙山上靜修終。

註：公孫勝，薊州人氏。曾拜羅真人為師，精道術，能呼風喚雨，綽號「入雲龍」。梁山聚義，位列第四，上應天閒星。曾以八卦陣鎮敵，以五雷天罡正法，破解遼軍之太乙混天象。

吳用

梁山聚義有吳用，加亮先生韜略精。巧取辰綱十萬貫，運籌帷幄百千兵。
奇謀妙算比諸葛，神勇天才智多星。武勝軍承宣使者，高功無限譽崇榮。

註：吳用，字學究，山東濟州人。精兵法謀略，道號加亮先生，人稱「智多星」。朝廷招安後，吳用佐宋江、盧俊義征伐遼國、田虎、王慶及方臘，被朝廷封為武勝軍承宣使。

張清

梁山聚義有張清，武藝超群震汴京。百發百中沒羽箭，三征三勝出奇兵。
連環飛石攻遼寨，勇猛神威破敵城。郡主瓊英雙璧合，夫妻聯手大功成。

註：張清，彰德府人氏，綽號「沒羽箭」。善用飛石，百發百中，曾連打梁山十五員戰將。上應天捷星，擔任馬軍八驃騎兼先鋒使。與四大寇之一田虎部將鄔梨義女瓊英成親，田虎封瓊英為郡主。夫婦二人助宋江征淮西。本詩「中」字依訓讀去聲，破格全句七字用仄聲。

六耳獼猴

西遊諷世說邪怪，六耳獼猴惡滿盈。毋懼降魔照妖鏡，不驚緊咒律令聲。
爾揮定海金箍棒，俺出隨心鐵桿兵。眞假悟空難分辨，如來破解劣根清。

註：六耳獼猴於《西遊記》第五十七回出場，作者以真假猴王之對立，製造強烈矛盾衝突，演繹精修佛法

之主題。《西遊》人物故事，前作《望雲窗詩稿》已有撰述，今置新作兩首於此。

牛魔王

氣力無窮性倔狂，天平大聖牛魔王。神通變技七十二，法術横邪百千強。
劇鬥悟空摩雲洞，皈依我佛往西方。獸人妖怪皆同等，修練堅心正善揚。

註：牛魔王於《西遊記》第三回出場，自稱天平大聖。第六十一回被收服，哪吒牽引往西方皈依佛法。

宋蕙蓮

芳華嬌艶宋蕙蓮，歪險世途看不穿。誘主淫姦獻媚態，群妖迫壓泣悲漣。
懸樑以死表清白，受辱抗爭落黃泉。醜惡人心甚色慾，金瓶辣筆狠笞鞭。

註：宋蕙蓮其人其事見於《金瓶梅》第二十二回至二十六回，篇幅雖短小，盡見眾生醜惡本性。《金瓶

梅》人物故事，前作《望雲窗詩稿》已有撰述，此為新作。

畫壁

話說有朱氏，偶遊某寺祠。仰頭觀畫壁，天女散花姿。念動身飄往，飛升隨所之。
芳心迎入室，春意更迷癡。倏忽雷轟醒，魂歸返地時。色空乃幻相，俗世人難知。

註：《聊齋志異》全書分十二卷，四百九十一篇。本篇〈畫壁〉見於卷一，講述朱孝廉與壁中畫之散花天女奇遇。《聊齋》故事及人物，前作已有撰述，今將新作兩首置於此。

蓮香

聊齋說鬼狐，名作有蓮香。雙艷侍君寢，桑生縱慾猖。癡纏求所愛，妒忌兩爭強。
瀕死方知過，詳療幸復康。鍾情拚性命，重義永難忘。十載依盟訂，輪迴宿願嘗。

註：本篇見於《聊齋志異》卷二，講述狐精蓮香、女鬼李氏與書生桑子明之愛情。首句「狐」字平聲虞韻，與本詩陽韻不同部。

四聲猿

百世文娛相繼傳，方家徐渭劇延存。禰衡打鼓罵曹戲，柳月修禪入佛門。
代父從軍雌虎將，移花接木女狀元。題材眞實貶封建，南北調融四聲猿。

註：〈四聲猿〉由四套劇組成，明人徐渭所作。四劇本名〈狂鼓史漁陽三弄〉、〈玉禪師翠鄉一夢〉、〈雌木蘭替父從軍〉、〈女狀元辭凰得鳳〉。四劇又簡稱〈狂鼓史〉、〈玉禪師〉、〈雌木蘭〉、〈女狀元〉。全套劇收錄於《徐文長集》。柳月，柳翠、月明二人名字之合稱。首句「傳」字平聲先韻，與次句「存」之粵音相同。

包拯

大宋有包拯，嚴明震九霄。允中不倚側，犯法罪難饒。審訟依情理，群英捕賊梟。
張龍並趙虎，馬漢與王朝。神武兼高智，公孫及展昭。同心破獄案，小說細詳描。

註：包拯，字希仁，北宋廬州合肥人，《宋史》有傳。判案及處事嚴正，有「包青天」美譽。北宋邵伯溫《聞見前錄》有記其事。清・石玉昆《三俠五義》故事，民間廣傳。後俞樾改編為《七俠五義》。

展昭

開封府展昭，義薄及雲霄。英勇救包拯，神威鋤霸梟。殿前四品衛，精武三絕招。
巨闕湛盧劍，疾風袖箭鏢。飛身似閃電，技法眞高超。堅毅又忠烈，賜銜爲御貓。
民間傳美譽，南俠楚雄翹。

註：展昭，字熊飛，《三俠五義》之虛構人物。展昭乃「三俠」中之南俠，任職開封府，人稱展護衛。其

武功及英雄事蹟詳見原著。「貓」有兩讀音，本詩用蕭韻。

後四聲猿

後四聲猿清世宣，名家未谷繼先賢。東坡遇屈陳府帥，長吉詩投溷中涓。
唐陸沈園傷贈答，白樊離別痛癡纏。情眞妙構深悲鬱，遺恨千秋套曲傳。

註：〈後四聲猿〉由四折雜套組成，清代《說文》大家桂馥（字未谷）所作。四折名為〈放楊枝〉、〈題園壁〉、〈謁府帥〉、〈投溷中〉，依次描繪白居易、陸游、蘇軾及李賀四人失意事情。

丁篇

涉水

涉水登高閣，穿雲野鶴山。浪潮聲隱聽，古樹影疏閑。空谷罕人跡，深林倦鳥還。漁舟燈火盡，片月照松間。

平休

老杜多佳構，史詩萬古流。青蓮最絕妙，仙筆更無儔。好問論三十，瓊章逾百修。高風久不振，餘浪漸平休。

大浸

大浸忽天降，蒼生起怨訶。霧雲霾雹霰，滄海湧洪波。螻蟻踰牆走，鶬鵝翻嶺過。世情轉瞬變，人事最多磨。

潛學

潛學忘時日，浮波及海涯。菊花秋九放，孤竹不駢枝。覾在在覾望，好思思好奇。書中萬載事，歷閱悟參知。

四壁

四壁徒空立，依然心一尊。已非天上有，須是世間存。道阻將何矣，時來又復元。

仰觀大宇宙，岑寂在斯門。

已矣

已矣離枝落，蕭蕭又二三。淡然物色動，入興賦詩酣。筆短行文爽，茶香細味甘。讀書如鑒鏡，道正不憂慚。

雨後

雨後天青闊，思閒可靜居。日斜照寂寂，樹下影徐徐。大道行無止，人情漸已疏。鳴琴操古調，不聽廿年餘。

索句

索句興由意，春花幾未殘。已無百日好，只耐一時看。劫後情緣了，夜中水冷寒。
氣清屏妄念，徑直不孤單。

昆鵬

昆鵬振翼翅，蹤跡各天涯。夏日炎如火，秋花發幾枝。詩成贈故友，世變競新奇。
聚散已常慣，重逢未可知。

驛馬

驛馬宿纏糴，潛龍隱鬼冥。詩魂海湧浪，心坎天飛星。目下花將謝，跟前步未停。

亂時志不惑，行者本吾經。

晚觀

晚觀星欲墜，鬱結未心舒。雞肋今無味，劍彈待食魚。冷然對醜輩，還好讀吾書。
高望九秋近，復行及歲除。

道堅

道堅心似柏，筆直不傾危。幽冥入玄妙，長吟太白詩。氣高夙夜淨，意決今秋辭。
四十年風雨，蕙蘭茁壯之。

風雨

風雨忽然至，撼搖綠嫩枝。鳥飛離故地，夜月展愁眉。花落意難解，情深感易悲。
瀟疏又幾許，靜待芳春時。

茫然

茫然新感興，倏忽舊愁來。地險鳥飛遠，天陰雲更灰。冰堅而水冷，冬去候春回。
終日無聊賴，樽前獨對杯。

碧天

碧天空廣闊，一抹紅霞驕。翼展横而過，風平忽湧潮。千秋將進酒，絕世念奴嬌。

採菊南山下，隱林更寂寥。

百勞

百勞飛鳥宿，吱叫和聲諧。雨後氣清爽，天空日夕佳。幽閑惹舊想，靜寂騁孤懷。四十年如昨，詩書在我齋。

煩囂

煩囂響萬籟，候靜入幽冥。秋後淡雲月，冬前轉斗星。花飛隨氣節，絮亂未休停。日腳匆匆去，坦平道不經。

寶劍

雌雄雙寶劍，干將與莫邪。利刃似雷電，游鋒若蜿蛇。吹毛即截斷，削鐵如泥沙。
出鞘無情義，斬奸絕不赊。

退去

退去即消逝，流波入海濱。層層浪疊浪，惘惘塵中塵。道在可常在，新聞成舊聞。
空懷何足記，浩漫渺瀲瀕。

日復

日復日經過，人生當有涯。春來鬱鬱綠，冬後長長枝。天變非無理，道衰不出奇。

崎嶇今古是，世態見新知。

梅開

梅開又一年，今後勝從前。遞晉丕之泰，履端坤順乾。讀書寫大字，操戟練洪拳。魄健身心好，勤修志意堅。

註：履端，典事見《左傳・文公元年》。

天色

天色長灰暗，人情漸冷疏。杜門忘日月，積稿待編書。白馬隙間過，黃昏暉有餘。觀心靜養氣，冥想入懷攄。

註：用蘇軾五律原韻。攄，同舒。

幽竹

幽竹隱山鬼，靈修德二三。衍期棄舊有，正是見新貪。耿直悲騷客，潛沉待曉嵐。亡情不可復，鬱鬱獨憂耽。

屋角

屋角鳥依依，花開新綠肥。有緣變有劫，無意自無違。逝去已經往，悟來了是非。悠悠年月日，孤影入斜暉。

風淡

風淡紅霞晚，影長入暮嵐。四時忽一變，天黑沒灰藍。浩渺十而九，空疏二又三。

星移西轉北，隔阻不相探。

十月

十月無雲夜，渾天不見星。詩心忽湧起，愁緒隨波興。荒野草紛動，窗前雨未停。茫茫思萬里，道遠影零丁。

世上

冰比冰水冰，灰如灰炭灰。光陰疾矢去，日月滾輪來。大海浮沉浪，霎時霹靂雷。人生於世上，名利亦塵埃。

註：首句乃名武俠小說家古龍所擬之上聯。首句末「冰」字平聲蒸韻，與本詩灰韻不同。

少年

少年遊樂處，曾是百魚塘。鯽鯽川流水，萋萋野草鄉。而今已變改，往昔盡滄桑。
懷想於當日，柳垂泮夕陽。

秀嶺

秀嶺夢銅鼓，吊羅飛瀑奇。天涯北斗望，海角東坡祠。五指山紅映，三灣畔綠枝。
遊蹤忽憶念，援筆以詩之。

飛泉

飛泉瀑布新娘潭，濕滑危高勢險探。一股雄豪心膽壯，凭依巨石直登攀。

黃雞

黃雞休再早啼叫，白髮年來已漸多。策杖歸園風淡淡，解衣盤礴不躬阿。

華顛

華顛聚首在今宵，是處高樓美酒邀。恭賀賢兄壽晉一，蟠桃佳饌慶生朝。

望月

風雲慣看浪翻波，逸興橫來和楚歌。對酒吟兮詩未老，長天望月渡銀河。

註：某夜方滿錦賢兄傳贈七絕一首，隨興以逆序韻和之。

五月

寒氣忽來轉冷森，推窗遠望景長深。漫天黯黯灰雲壓，五月之時十月陰。

須臾

渾渾天地不知誰，一念須臾有也無。宿世因緣如蝶夢，似流水逝莫相趨。

入冬

入冬今早更清寒，遠望叢林物色丹。拾級而行人步快，高雲天上鳥飛盤。

悵然

悵然日下兼風雨，紛亂時憂幾失神。樹老蕭疏搖落葉，黃昏憔悴是斯人。

千峰

千峰獨坐洞玄眞，萬念拋離心會神。靜想虛空乘六氣，平然一瞬百年春。

久候

久候衷情思倦倦，黃昏向晚了回回。曲肱伸足無聊賴，兩扇窗扉悶不開。

迎春

花紅葉嫩草茵茵，寒去暖來萬象新。今日祥雲齊接運，斯年佳兆喜迎春。

相逢

在此相逢喜有緣，黃昏雅座正初筵。時光轉瞬今如昨，展翅鵪鴿擔道堅。

氣罡

氣罡宏正大無窮，豹隱山林風雨中。寶劍磨成逾萬日，一朝出鞘勢如虹。

欲試

欲試揮毫潑墨濃，而今狂筆寫嚴冬。天邊遠隔亦風雪，飛白飄添冷陣容。

遠望

遠望無雲傍綺窗，夜吟對月影無雙。秋聲漸靡冬將至，饒有蟬蟲拚力扛。

雨打

雨打風吹樹不移，難堪花落葉離枝。殘紅逐水傷春逝，天道回環復幾時。

蘭心

蘭心蕙舌世稀微，春暮山遙覓翠薇。百日閒來秋已過，黃昏及晚映斜暉。

歸乎

歸乎長鋏食無魚，退隱時而漫讀書。地厚天高氣廣闊，靜觀星月聽樵漁。

脣齒

脣齒相依說虢虞，斷交棄義被屠誅。虎狼啗食終無饜，逐利招亡眞鈍愚。

東坡

東坡才大被擠批，萬里貶遷海角西。跌宕江湖四十載，是耶天命信疑兮。

九秋

九秋長夜望天街，月朗風清氣色佳。擬見飛星橫掠過，彷如火尾紫金釵。

盡日

盡日雲天色暗灰，長空入夜更宏恢。罡風霧散仰觀望，雙子星群北斗魁。

後記

本書乃前著《望雲窗詩稿》之續編，可稱姊妹作。所續者以前賢先達典事爲主，類別分文史、文化、軍政，以及古典文學作品人事類，另有個人雜興。所寫人物之排列次序，一般依其時代及生卒爲先後。文學類別方面，基於部分人物角色爲虛擬建構，或是生卒年時無可考究，又或散見於史書、典籍、文集等文獻之中而未有一致論證，則一律按筆者撰寫之時間爲先後列次，謹此說明。

前著刊出，前輩及師友皆給予若干寶貴意見，特雷、樹堅兩位賢兄更鼓勵將續稿早日刊行。茲依諸君建議，輯爲四篇，題作《望雲窗詩稿續編》刊出。

書前有陳汝柏教授、蘇文擢教授墨寶，以表對兩位先師之敬仰及思念情懷。詩稿承蒙萬卷樓張晏瑞先生鼎力支持，可於臺北付梓刊行，又蒙李學銘教授再惠贈序言一則。諸位仁人君子，隆情厚義，無限感激，謹此一并致以萬鈞謝忱。

顯慈謹識二零二二年冬日

望雲窗詩稿續編

文化生活叢書
詩文叢集1301078

作　　者　馬顯慈
責任編輯　張晏瑞
發 行 人　林慶彰
排　　版　游淑萍
總 經 理　梁錦興
封面設計　百通科技股份有限公司
總 編 輯　張晏瑞
印　　刷　百通科技股份有限公司
出　　版　萬卷樓圖書股份有限公司
發　　行　萬卷樓圖書股份有限公司
臺北市羅斯福路二段四十一號六樓之三
電話 (02)23216565　傳真 (02)23218698
香港經銷　香港聯合書刊物流有限公司
電話 (852)21502100
傳真 (852)23560735
ＩＳＢＮ　978-986-478-825-5
出版日期　二〇二三年三月初版一刷
定　　價　新臺幣二八〇元

國家圖書館出版品預行編目資料

望雲窗詩稿續編 / 馬顯慈著. -- 初版 . -- 臺北市：
萬卷樓圖書股份有限公司, 2023.03
面；　公分.--（詩文叢集）
ISBN 978-986-478-825-5（平裝）

851.487　　112004018